读 一 页 书 舔 一 口 蜜

法医之神 1

死者的呐喊

[日] 上野正彦 著　王雯婷 译

北京联合出版公司
Beijing United Publishing Co.,Ltd.

读蜜文化　　策划

目录

Contents

前言

由死窥生

不可以让别人看到我的眼泪。

即便内心是难以抑制的悲伤。

不论事实真相如何残酷，不论尸体如何惨不忍睹，我也不能在人前流泪，因为这就是我一直以来的工作——仔细聆听死者的声音，破解他的死亡之谜。

即便这么多年过去，我也早已远离案发现场，但依然有些案子，让我不经意回想起来时，忍不住内心悲切，甚至流下眼泪。

我从事法医工作以来，检验过两万余具尸体。从数量上看，比我遇见的活人还多。仔细想来，我也是做死人生意的。

人们常说，“生活远比小说更戏剧”，我的经历无疑可以证明这一点。这两万多个生与死的故事在我眼前交汇，带来的冲击力远比小说强烈得多。

——已经够了。

——已经不想再看了。

但我从未这样想过。

事实上，我每一次见证死亡，都会感慨生命之不易，但又如此之精彩。

曾有熟识的编辑看了我录制的综艺节目后，对我说：

“您是见多了死亡，所以生活里反而开朗了。”

是啊，或许真的如他所说。正是因为了解死亡，所以更加明白活着的意义。

我每次去做演讲，题目都是“由死窥生”。

本书的标题，乍一看大家或许觉得沉重。但读下去便可知道，我的用意绝不在此。我相信诸位读完这些悲伤的故事后，心中一定会涌现出生之希望。正如眼泪流干之后，看到冲破乌云而出的太阳。

因为能感受到悲伤，所以才能感受到喜悦。

即便一时陷入低谷，也能笑对今后的人生。

这大概就是我写这本书的意义所在。

上野正彦

第一章

拭去泪水的法医

以己为盾的母亲

母亲会拼死保护自己的孩子。

即便将自己置于危险之中，也要想尽一切办法，不让孩子受到伤害。

这种强烈的念头大概是刻在母亲骨子里的——孩子是自己生命的延续，无论如何也要让他活下去。

我就见过这样一位母亲，至今想来都难以置信。

即便此前我已见过太多死亡，但看到那具尸体时，我的内心还是无比震撼，难过得几乎要掉下泪来。

有一位厨师，是个急性子，每到一个地方都会惹事，很不招同事待见，所以频频换工作。他因为职场失意，开始服用兴奋剂，不久便出现幻视、幻听；又因为工作的原因，身边常备着一把柳刃刀[①]。

有一天，他突然掏出藏起来的刀，刺向过路的行人，

① 主要用于制作刺身（生鱼片）。

导致六七名无辜的路人遇害。

就在他持刀行凶时，恰巧有一位母亲推着婴儿车经过。母亲远远听到有人呼救，声音凄惨。她猛地抬头，赫然看到一个面目狰狞的中年男人拿着刀正向自己冲来。

她推着婴儿车，车里躺着她的孩子，眼下根本避无可避。

不知是出于本能还是母爱，又或者两者兼有。

母亲情急之下竟然背对着男人，扑向婴儿车。

就在她扑向婴儿车的下一个瞬间，悲剧上演。男人毫不留情地用刀刺向女人后背！

哪怕自己死去，也要保护孩子——刀插在母亲背上，这份母爱着实令人唏嘘。

就在这时，犯人终于被控制住，然而悲剧并未就此结束。

男人手中的柳刃刀竟然刺穿了母亲的身体，直抵婴儿头部。

一把刀同时夺去两个人的生命，母亲拼死保护的孩子终究没能活下来。

我虽然不迷信，但看到这两具尸体时，还是忍不住感慨天道之无情。

历史上也发生过类似的事。维苏威火山的突然爆发彻底打破了庞贝城[①]居民平静的生活，就像静止的钟表指针，整个古城被火山灰瞬间掩埋。

数百年后，人们在废墟中发现了一对母子的尸体，母亲直到死去也将孩子护在怀中。尸体同古城中的其他遗迹一起，被保留至今。

母亲会本能地觉察到孩子的危险，并不顾一切保护他——这是我在一次次尸检后得出的结论。与此同时，我也愈发感受到母爱的深沉，并为之折服。而且这种爱不局限于人类，是动物的共性，或者说是生物与生俱来的本能。

与之相比，男性对孩子的爱，也就是父爱，就显得逊色一些。这也是我作为一名父亲的切身体会。

如果换成孩子的父亲，面对凶残的犯人，他会如何应对？在我看来，他大概不会以自己为盾，将孩子护在身前。当然，我并不是在否定男性。如果换作父亲，他大概会抱起孩子逃离现场，或者与犯人搏斗。但至少不会像母亲这样，将自己的生死置之度外。

本案中，犯人行凶时，母亲正推着婴儿车。可她不仅

---

① 古罗马城市之一，位于那不勒斯湾维苏威火山脚下，于公元 79 年被维苏威火山爆发时的火山灰覆盖。

没有转身就跑，反而用身体保护婴儿车。自己的死活无所谓，只要孩子能获救——母亲当时大概是这样想的吧。

“我也许会死。”她恐怕早有预感。

尸检结果显示，母子二人都是直接死于失血过多。我忙完手中的工作，忽然想起这一家的父亲，如今只剩下他一个人了，一时语塞。

我只能在心中安慰这个素未谋面的男人：“您的夫人直到最后一刻也在保护孩子，她是一位非常伟大的母亲。”

街道上响起流行歌曲。

人们宛若什么都没有发生过一样，神色如常地在路上穿行。

稚童眼中最后的光景

人在生命的最后一刻会看到什么？或者说，那真的是他想要看到的吗？

当然，不论看到什么，都对他的人生没有影响，因为他即将死去。但好不容易活到今天，想来还是希望能够看到挚爱妻儿的笑脸吧。这大概就是所谓的人之常情。

“死状凄凉的尸体究竟是什么样子的？”

有人问过我这样一个问题，让我不由思绪良多：我见过太多死状不同的尸体。

死状与尸体背后的故事并非总是一致。所以当我听到这个问题时，细细想来，蓦地回忆起某一次验尸的场景。

那个场景令我至今难以忘怀。

死者是一家四口，丈夫、妻子和两个还在上小学的孩子。父亲用猎枪杀死妻儿后，又一枪打死了自己。

丈夫先杀死了沉睡的妻子，然后是睡在旁边的女儿，最后是儿子。

女儿睡在妻子身旁，中弹时依然在梦中。儿子则睡在女儿旁边。

我不太清楚父亲为什么要杀人，但就在我掀开被子打算验尸时，被眼前的一幕惊呆了。

尚在读小学的儿子用右手挡着脸，直到死前还在试图保护自己。

他大概在睡梦中隐约听到了惨叫或是感觉到了杀意，又或者因为自己是父亲最后一个目标所以听到了枪声。

总之当他睁开眼睛时，看到的是父亲举着猎枪对着自己的场景。

子弹无情地贯穿了孩子的右手，打入他的脸与胸口。尸检结果显示，儿子当场死亡。

在杀死儿子之后，父亲也对着自己的胸口开了一枪，自杀了。

我回忆起来的，就是这样一个令人绝望的尸检现场。

通常情况下，如果一个男人想拉上全家人一起死，一般会先从妻子下手，然后才是孩子。这与爱的程度无关，纯粹是因为妻子的反抗能力最强。

人们自杀的原因各不相同。如果是一家人寻死，至少孩子是无辜的。最常见的情况是丈夫职场失意，夫妻二人失去了生活保障，不得已到处借钱，走投无路下最终选择自杀，还把孩子牵连进来。

每当我遇到这样的案子，都会倍感愤怒：为什么要自杀？如果非死不可的话，为什么要牵扯上家人，自己一个人去死不就好了吗？

说实话，我真的不理解这些男人的心理。难道是因为妻子在生活上对他的帮助不够？又或者他觉得日子已经无法继续维持下去，所以想着干脆一起死了算了？

如果是对今后的生活充满绝望，那他可以选择一个人去死。这也不是不能理解。

可倘若把孩子也牵扯进来，事情就不是这么简单，这背后很可能有着更为复杂的原因。

我曾经遇到过这样一起案件。

某大学的副教授打算自杀，妻子知道后不仅同意了他的做法，还带着孩子一起死了。正如我刚才说的，这背后的原因其实很复杂。

案件的经过大致如下：

丈夫是某大学的副教授，杀了人，死者是他的情妇。妻子知道这件事后，考虑再三，最终决定和丈夫一起自杀。

明明丈夫在外面有了情妇，明明他还将那个女人杀了，是个杀人犯，但妻子依然做出了这样的决定。难道她对丈夫的爱已经到了这个程度吗?

恐怕并非如此。

依我看，她的想法大概是这样的：她以为丈夫迟早能晋升教授，自己也能顺利当上教授夫人。这是她一直以来的规划，也是她值得骄傲的地方。然而突然有一天，教授夫人成了杀人犯的妻子，她的孩子以后也会一辈子背负“杀人犯之子”的罪名，她无法想象这样的生活该如何继续下去。所以与其活着受罪，不如和丈夫、孩子一起死了吧。

在听到丈夫向她坦白的那一晚，她终于下定决心。

事实上，这类案件大多源于丈夫错误的责任感。

我们再回到最初的案子。

还在读小学的儿子只活了十年。在他过于短暂的人生中，最后一刻看到的却是父亲用枪指着自己的场景。

孩子下意识抬起右手，然而子弹透过手掌打入他的头部。

这一幕实在令人揪心。

“不会原谅父亲……”

“不要让父亲碰我们的身体。”

我曾在尸检现场看到一封遗书，上面写着这样一行字。那究竟是什么时候的事，我记得不太清了。

但凡是因为误会引发的杀人案，不论是伤害别人，还是被别人伤害，结局往往都令人唏嘘。然而我接下来要讲的这个案子，或许比这两者更加令人伤感。

这家的丈夫是某公司的社长。公司规模不大，为了维持公司运转，他需要频繁和客户、政府人员之类打交道。应酬是少不了的，但如何做到不过分张扬且宾主尽欢也是一门学问。

妻子是传统意义上的家庭主妇，没有外出工作，每天等着丈夫回家。或许是从小被父母宠爱着长大，内心比较脆弱敏感。

“应酬、应酬，真的只是去应酬吗？什么工作需要每天喝酒呀，太奇怪了。”

丈夫每天很晚才回来，妻子心生疑虑，但也不好直接问出口，渐渐地，她的心理压力越来越大。

终于有一天，妻子决定出一趟门。她守在丈夫公司的门口，等丈夫出来了就跟在他后面。

男人去了一家餐厅，妻子偷偷打量房间里的情形，发现丈夫正在接待客户。更关键的是，她的丈夫竟然在和另外一个女人跳舞。妻子看他们二人举止暧昧，心想果然被自己猜中了，这根本不是什么普通的应酬。

但事实上，房间里当时还有很多人，不止他们两个，男人也没有什么越界之处。只是妻子此前从未见过类似的场合，这才生了误会，认为丈夫出轨了。

这种想法逐渐侵蚀她的内心，加之本身敏感脆弱，妻子最终决定自杀。她买了安眠药，放入杯中，倒上水，一口气喝了下去，然后一觉不醒。

她将自杀的理由写在遗书里："我无法原谅出轨的丈夫。"

后来，这件事被她的两个孩子知道了。大女儿在读高中，小儿子刚上初中。孩子们的感受性很强，他们十分同情母亲，就对父亲心生怨恨。

而这又是一连串悲剧的开始。

妻子离世后，父亲为了拉近和孩子们的距离，即便工作再忙，也会挤出时间，尽量多陪陪孩子。

然而不论他再怎么努力，一度出现裂缝的亲子关系再也无法恢复如初。尤其是大女儿，她无法原谅父亲，这种厌恶甚至达到了生理的程度。原本和睦的家庭变得支离破碎，家里的空气也变得沉默且令人窒息。

就这样，妻子的生日到了。当然，妻子再也无法出席。

就在这一天，大女儿做了一个决定。她说服了弟弟，趁父亲熟睡时，学着母亲的样子，将大量安眠药放入水中，和弟弟一人一半喝了——她想要自杀。

次日清晨，丈夫觉察出姐弟二人呼吸声不对，这才发现出事了，但两个孩子已然奄奄一息。他连忙将孩子们送去医院，只是没过多久，弟弟就死了。当时姐姐还剩一口气，当即被安排住院，医生们想尽了办法，但也只活到第二天。

姐姐在遗书中写道：是父亲杀了母亲。

我赶往尸检现场。

这其实是一场误会，但两个孩子才十多岁，他们的想法我也能理解。只是与此同时，我也同情这家的丈夫。妻子离世后，他一门心思想和孩子拉近距离。

在我看来，这个家里谁都没有错。只是丈夫碰巧因为被妻子目击到和其他女人跳舞，结果痛失妻子，又在妻子生日时相继失去了两个孩子。

在尸检现场，我见到了这个可怜的男人。

“我今后该怎么活啊。”

男人说着流下眼泪，并将女儿的遗书递给我。

“是父亲杀了母亲”，这句话后面还有一句——“不要让父亲碰我们的身体”。

我不认为这位父亲犯了什么天大的错，以至于连孩子的身体都不能碰，他失去了所有家人。我至今还记得他的背影，孤独且悲伤。

他该如何面对今后的生活？想到这里，我就忍不住悲从中来。

被夺去的金钱与残年

一些老人仅靠微薄的积蓄，过着精打细算的生活。但就是有一些道德败坏之人特意盯上他们，潜入老人家中，盗取财物。殊不知，这些人夺走的不只是金钱，还有老人活下去的希望。

人们对于老年生活的恐慌，大多源于无法继续工作，缺乏稳定的收入。所以几乎所有老人都想尽可能多存钱，尤其是独居的女性，这种想法尤为强烈。

如果连这点可怜的积蓄都被夺走了，他们的内心该多么恐慌。

我接下来该怎么办呀？这种无力感不难想象。

假如人还年轻，就算被偷了钱，也有机会赚回来。即便失去一百万，只要足够努力，就不是没有希望。虽然现实很残酷，赚钱绝非易事，但至少人的心态是积极的。

老人就不一样了。

就像身体里无法再生的细胞，如果老人失去了一百万，那就是真的失去了。

道理浅显易懂，上了年纪的人该如何赚一百万呢？此外，比起丢钱，老人的心态变化更值得关注。有些老人一旦骨折，身体就一下子垮了，因为他失去了活下去的希望。这是同样的道理。

此前就有诈骗团伙以重新装修房屋的名义骗取老人钱财。他们故意拍了某处破旧的屋檐、房顶，然后恐吓老人说："如果不尽快修理，就会出现很严重的问题。"老人好不容易攒下来的钱被轻易骗走了，有人被骗了几百万，有人甚至被骗了上千万。

依我看，这种人就应该受到严厉的惩罚。

有一位老太太在自己的房间里自杀了。那是一栋双层木制水泥建筑，共有八个房间。老太太是房东，平时除了一间房子自己住，其他的都租出去。

据附近的住户称，老太太已经失踪两三天了，他们担心老人出事，就去她房间寻找，结果发现她躺在被子里死了。

警察和法医很快赶到现场。

老人生前患有巴泽多病（甲状腺功能异常），心脏不是很好，也看过医生。法医认为尸体面部虽然有淤血，但不是窒息引起的，而是尸体轻微腐败导致的，所以判断老人是病死的，死于巴泽多病引起的甲状腺肥大。

大约三个月后，事情突然发生了转机。

有人在东北某温泉旅馆见到了老太太的房屋登记证。

温泉旅馆的女老板表示，一名男子在这里住了四五天，因为没钱交房费，就说先用房屋登记证抵押，之后就消失了。

这也揭开了老人死亡之谜：她不是病死的，而是被人抢了财物后杀害的。

男人在逃跑途中入住了这家温泉旅馆。警方认为该男子有重大作案嫌疑，随即展开调查，一个月后将其逮捕。

本案中，老人的尸体明明存在疑点，但没有经过解剖就直接下葬了，导致本案出现了判断失误。一起杀人案被当成病死草草处理了，真相也被随之掩埋。

老人有多少现金我们不得而知，但据说存折等物并未遗失。由于警方在搜查过程中未发现明显盗窃痕迹，所以没考虑过是盗窃杀人。

凶手曾经是这栋房子的租客，知道老太太每月都有房租收入，手里也有些钱，所以才盯上她。但等他闯入房间后，却意外地发现老人其实没什么钱。他没找到老人的存折和其他值钱的东西，只能拿了抽屉里的房屋登记证逃走。

那么老人又是怎么死的？尸检报告上写着死者颈部没有勒痕，被发现时尸体已经开始腐败，面部、身体也开始轻微变色。事实上，随着时间的推移，人死后面部会膨胀，颜色也会发生变化，看起来就像淤血一样。那名法医大概是将普通的腐败现象与窒息特征搞混了，才会出现误判。

老人应该是死于窒息，被男人扼住颈部或用被子蒙住口鼻。因为上了年纪，男人几乎不需要花费很大力气，只要蒙住她的口鼻十分钟左右，就能致其死亡。通常情况下，人只要憋气几十秒，脸上就会出现淤血，老人就是在这种状态下去世的。据说在尸检现场，也有人提出老人的情况和普通的病死不太一样。但一来老人身患旧疾，二来法医以为她脸上的淤血是尸体腐败引起的，所以最终认定老人是病死的。

然而像本案这种情况，由于老人已经被当成病死下葬，即便后来案件出现转机，只要她的死因维持不变，我们就无法起诉犯人。也就是说，除非那位法医承认自己当时判断失误，否则这起案子就无法被定性为杀人案。

好在法医及时证明了“老人并非病死，而是遭人杀害”，犯人才能被顺利逮捕。虽然此时老人的尸骨已被火化，我们无法从尸体上获取更明确的证据。但由于犯人坦白了作案经过，案件也不存在其他疑点，所以本案最终被当成杀人案处理，犯人也受到了相应的惩罚。

通常情况下，尸体腐败是从消化器官开始的。

大家都知道，鱼一旦死亡，都是内脏先腐败。所以检验尸体时，也一定要先从内脏开始。这样一方面可以确认尸体的腐败程度，另一方面也能通过和身体、脸部的腐败程度作对比，更好地掌握尸体情况。所以在本案中，法医应该先检查老人脸部的淤血和内脏的腐败程度。

如果法医在检验尸体时省略了必要的步骤，就可能犯下根本上的错误，所以抓住基本要点很重要，这样才不会遗漏死者的声音。

“请一定要查清真相，逮捕犯人。”——故去的老人声音悲切。

“我虽身患旧疾，但并非病死，而是被人杀害的。”——这是风烛残年的她竭尽全力的呐喊。

老人并不富裕。论值钱的东西，大概只有房子的登记证明书。

她希望能在自己的小屋里安安静静度过余生，不料却被人勒住脖子残忍杀害。

“把钱拿出来。”男人威胁道。

“我真的没有钱。”老人苦苦哀求。

“骗谁呢！”男人勒住老人的脖颈。

老人确实没有钱，她没有说谎，但尽管如此，还是被杀害了。

想到这里，我难免心中悲痛。

老人在孤独中饱含冤屈地死去。

或许是时代不同了，据说老人出租的房子除了她自己住的那一间，基本都没租出去，都是空的。

失去回忆的碎尸

遗留在高速公路上的只有尸体的手和脚。

有人在首都圈[①]附近的高速公路出口处发现了部分人体组织，尸体的手脚散落在路旁。事情一出来，立刻引发人们的讨论：难道是碎尸案？

事实上，在手脚被发现的七八个小时前，就有人在数十公里外——东京都练马区[②]的高速公路出入口处发现了一具疑似女性的尸体。

尸体或许遭到大型车辆反复碾压，被发现时早已面目全非。

而且缺少手脚。

有人认为，高速公路上散落的手脚可能就是这具尸体的。警方通过比对尸体的血型、指纹等信息，证实了

---

① 通常指以首都东京为中心的城市群，也称东京圈。日本《首都圈整备法》则将首都圈扩大至整个关东地区（茨城县、栃木县、埼玉县、千叶县、东京都、神奈川县以及山梨县）。

② 位于日本东京23区的西北部，是东京23区中最新制定的一个区。

这一说法。

死者的身份随即被锁定，警方立刻展开调查。他们很快找到了死者的家属，发现这家人已经报警了。

警方起初怀疑死者是离家出走或是被卷入了什么案件，但真相却非如此。

据死者家属称，死者年事已高且患有认知障碍。

老人自患病以来，时不时一个人半夜出门。家人很是担心，但也没什么好办法。不久后，他们最担心的事情发生了——某天夜里，老人出门后就再也没回来。

据警方调查，老人当夜独自来到车流量很大的路口，结果被过路的车辆撞倒。因为是深夜，视野很差，尸体遭过往车辆反复碾压，手脚则被卷入某辆车的车底，带到了几十公里外。

由于是高速公路，没有设置路口和红绿灯，这辆车一直开到二十公里外的出口处才减速。也就是这个时候，老人的手脚掉了下来，散落在路旁。

患有认知障碍的老人惨遭车辆碾压，不幸身亡，确实令人唏嘘，这也让我不禁想起另外一起案子。

1960 年初，日本曾发生过一起极其惨烈的交通事故——“三河岛事故”[①]。我在其他书中也介绍过，共160名乘客在此次事故中身亡。

事故发生后，警方和消防部门将散落在现场的二十余截断肢送往附近的寺院，供死者家属认领。“我们少了左手”“我家的没有右腿”……工作人员根据家属描述及其他信息，找出特征相符的断肢再交给他们。

但当时，有一名死者的右腿怎么也找不到。家属在寺院苦等两天，始终没有等来死者的断腿。家属最终只能将残缺的遗体领回去，直到事情过去一个月后，我收到了一封长信。

那是死者家属写的，写在雪白的信纸上，字字真切。

他们想知道儿子的右腿是真的找不到了吗？他们恳求我帮忙找到这条腿。

死者似乎是这家的独子，高中毕业后，从乡下来到东京。他平时会做一些手工活，住宿也不用自己花钱。两年后，他学有所成，就在他准备回家和父亲一起工作时，不幸遇到了这起事故。

父母自然希望孩子能完整地入土为安。但我此前从

① 1962年5月3日，因列车司机及车站员工失误等原因，导致国铁常磐线三河岛站（位于东京都荒川区西日暮里）三辆列车相撞，造成百余人死亡，近300人受伤。本次事故也被列入“国铁战后五大事故”之一。

未见过明明事情已经过去一个月了，还能执着到这个份上的死者家属。这是为什么呢？我心中疑惑。

但当我读完这封信，我终于明白了事情的真相，难怪他们如此执着，同时也下定了决心：我要为这个家庭做点什么。不，我必须为他们做点什么。

父母在信中写道，他们总能在梦里见到儿子。

儿子对他们哭诉："爸爸，妈妈。只有我过不了三途川[①]。帮我找找右腿啊。"

死者小时候患有轻度的小儿麻痹症，左腿麻痹，如今又没了右腿，自然过不了三途川。

其他的死者都能顺利到达彼岸，只有他被困在原地。

这对父母仿佛能看到在河岸徘徊的爱子，听到他的声音："爸爸，妈妈。帮帮我啊。"

"恳请您帮我们找到儿子的右腿。"

他们在信中写道。

事故发生后，寺院中。

"请问有没有看到我儿子的右腿。"

我忽然想起那对父母，鬓发微白、眼中布满血丝，

① 东亚民间传说中的冥河，是生界与死界的分界线。

苦苦寻找儿子的断腿，却怎么也找不到。想到这里，我心中又悲痛起来。

我们迅速返回案发现场，但由于距离事故发生已过去一个月，现场早已恢复如初，列车也正常通行。我们不能为了寻找死者的右腿让列车全部停下来，然后挖开地面寻找。

我重新审视死者的照片——有穿着衣服的，也有未着衣物的。照片上，死者右腿的切口并不平整，想来断腿大概是被卷入列车底部，最终碾碎了散落在各处。我们在案发现场找到许多零碎的手指、脚趾，没可能遗漏一条完整的腿。

搜查工作至此告一段落，我只能给这对父母回信。考虑到如果如实告知他们真相，对二人无疑是沉重的打击。我在动笔前，又特意咨询了精神科医生，使言辞尽量委婉一些。

然而自此之后，我再也没有收到新的来信。他们或许想通了，恢复了往日的生活。又或者因为一直放不下儿子，最终出现心因性精神障碍[①]。总之，这件事让我久

① 当某些个体突然遇到严重的、强烈的生活事件刺激以后，如亲人突然亡故、严重自然灾害等，个体承受不了超强刺激而表现出的一系列与精神刺激因素有关的精神症状。

久不能释怀。

这又让我不得不重新思考，健康究竟是什么。

合理膳食、体力充沛、身体健康固然是衡量标准，但如果一个人无法保持良好的精神状态，也不能算得上健康。

从这个意义上说，失去爱子的父母既然出现了幻觉、幻听，就必须及时调整心态。即便心中再如何悲伤，也要努力活下去。

第二章

至死也要保护孩子的母亲

怒发冲冠的母亲

不知大家是否亲眼见过因为生气而头发倒竖的人？

所谓怒发冲冠，我一度以为只是一种修辞。

直到有一次我在尸检现场看到一位头发倒竖的母亲，抱着她死去的孩子。我从事法医工作以来，见过太多人间悲剧，早已不会因为一点小事惊诧不已。但那时，我还是被眼前的一幕震撼了，如今想来也觉得手脚发凉。

这个家原本住着老两口和他们的女儿。女儿结婚后生了孩子，不幸患上精神疾病。她随后带着还在吃奶的孩子回了老家，和父母一起住。

某一天，外公觉得外孙的情况有些奇怪——好像跟死了一样。“好像跟死了一样”，这听上去有些过分，但其实是有原因的。

患有精神疾病的母亲紧紧抱着自己的孩子，根本不让老两口近身查看。她自己也不说孩子是死是活，只是沉默地抱着他。外公外婆心里着急，但稍微靠近一点，女儿就大喊大叫，无奈只能作罢。

这种情况持续了两三天，老两口实在没辙了，只能报警。

警方赶到家中时，母亲还是那个样子——她抱着自己的孩子，不让任何人靠近，要不然就嘶喊挣扎。

警方远远看着，即便如此也觉得孩子的情况很糟糕。他们判断孩子应该是死了，于是向东京都法医院①提出申请，希望第二天可以派法医来。

第二天正好轮到我出外勤。

我们进门后，这位母亲估计是意识到“是警察来了”，于是厉声尖叫起来，根本不让我们走进房间。女人的声音凄厉惨烈，震得人耳膜疼。

我心里发愁：这下可难办了，这样下去还能顺利尸检吗。

“唉，只能先等她情绪稳定了。”

我这样想着，走到屋门口，随意朝里面瞄了一眼，心中登时骇然——母亲抱着孩子，她的头发就像起了静

① 日文为“東京都監察医務院”，系东京都根据日本《尸体解剖保存法》设立的一个行政机构，负责都内 23 区发生的所有非正常死亡案的尸检和行政解剖工作，1948 年 3 月开院。1978 年以后还接受有关机关委托的尸检和解剖业务，并为有关方面培养法医人才提供实习、研修方面的服务。

电一般，竟然竖了起来！

“怒发冲冠”，我不由想起这个成语。

因为自己的精神状态不稳定，所以不愿放开孩子？在场的诸位或许会先入为主地这么想。但我觉得并非如此，在我看来，这就是母亲的本能。我再次被这种本能折服。

这大概就是母性。这位母亲潜意识里认为，有人要抢走她可爱的孩子。

“你们要对我的孩子做什么。”

我至今还能想起她的样子，拼了命也要保护孩子。

那种纯粹的、超越一切的爱。

看到她的那一瞬间，我自己的汗毛也跟着竖了起来，那一刻我甚至感到害怕。但这份恐惧很快转换为感动，这种不顾一切保护孩子的本能让人钦佩，实在是太不可思议了。

那天的尸检终究没有如期进行。

后续工作我没有直接参与，听次日负责尸检的同事说，他们趁母亲睡着后，偷偷抱走了孩子。孩子其实是病死的。

母爱无疑是伟大的。

这又让我想起另一件事，一个朋友曾经和我说过，他有一次带着自家的狗去医院做剖腹产，回家途中，他用毛毯裹着小狗放在副驾驶席，将母狗放在后座。小狗时不时发出低微的叫声，就像刚出生不久的小羊。每当这时，后座的母狗就会呜呜回应，仿佛在说“把我的孩子还回来”——明明是自己的孩子，却不能陪在自己身边，所以才会担心地呼唤它们。

母爱也是动物的本能。

前文的那位母亲恐怕也是因为怕孩子被夺走，才格外焦虑。她原本就患有精神疾病，在她看来，站到她面前的不是警察，而是要抢她孩子的敌人，所以才会采取那样的行动。

事实上，如果没有这种不顾一切的本能，孩子也是无法顺利长大的。这种本能包含在母爱中，让子女感到放心，守护他们健康成长。

最近，一些母亲患了精神疾病后会刻意疏远自己的孩子，甚至虐待他们。相比于前文那位母亲，虽然结局都令人唏嘘，但这种更令人心寒。

拼了命也要保护自己的孩子。这大概就是人类的原点。

消失在大火中的爱

如果亲朋好友去世了，当你需要面对他的遗体时，你觉得哪种情况更令你难过？死于普通疾病还是葬身火海？

诸位读者的答案是什么呢？我很好奇，也问过很多人，得到的回答十分一致——都是后者。

面对死无全尸的遗体，人们心中的伤感无疑会更胜一筹。

往日的友人、挚爱如今面目全非，换作是谁都会心痛不已。我也听不少人说，面对那样不成样子的遗体，谁都会泣不成声吧。

然而事实并非如此。这是我见过太多类似事件后的切身体会。

人在面对面目全非的遗体时，反而不会涌现出太多悲伤。因为即便是至亲，由于样貌变化实在太大，反而缺乏真实感。

一栋居民住宅发生了火灾，有人不幸被困火海。虽然周围人百般劝阻“太危险了，别去”，但面对燃烧的熊熊烈火，家人又怎么能放弃。

想要早一点将人救出来——这种心情不难理解，毕竟血浓于水，他们在同一屋檐下朝夕相处。

由于日本的老式房屋大多是木质结构，即便发生火灾、屋内浓烟滚滚，但可燃物只有木头、纸之类的东西，冲入火海救人也不是不可能。现实生活中就发生过这样的事：有人冲进燃烧的屋子，寻找睡梦中的孩子。倘若屋内没有明火只有烟，早一些采取行动，也能顺利将人救出来——报纸也会时不时报道这类英雄事迹。

如今却不同了。

如果抱着“反正火苗烧不起来，不就是烟嘛，应该问题不大”的侥幸心理，一头冲进屋子救人，只须吸一口气（稍有烟进入肺部），人就可能当场倒下。

这是因为如今的建筑材料和当年不一样了。现在的建筑材料大多含有塑料、化纤，比如乙烯基地板，这种材料一旦燃烧就会释放氰化物等有毒气体，只要稍微被人体吸入，就能让人当场失去意识。

所以即便火势再小，贸然闯入火场也是一件十分危险的事。哪怕在火势还未蔓延开前冲进去，也可能酿成无法挽回的悲剧。

当然，我不是说过去火场救人就很容易。曾经也有人为了救家人，冲进浓烟滚滚的房间就再也没出来。父亲或母亲最终和孩子一同被烧死了，这样的尸体我见过不少。

那他们又是怎么死的呢？

原因大多是一氧化碳中毒。木质结构的房屋燃烧时虽然不会释放有毒气体，但会释放一氧化碳。血液在人体内循环一周大约需要 50~55 秒，人呼吸时就会有部分一氧化碳附着在血液中。假如施救者的速度足够快，比如几十秒内就能将人救出来，即使吸入两三口浓烟，血液中剩余的氧气足也够支撑他的活动，所以可以全身而退。

如今的建筑材料会释放有毒气体，一旦被人体吸入，就会阻断氧气交换。如此一来，人会当场失去意识，进而死亡。

所以过去往往是施救者、被救者一同死去，而现在则是施救者刚一进门就倒地不醒了。

消防队员深知其中危险，所以会百般劝阻想要冲进去的人。好在如今情况有所转变，人们“不顾一切救人”的想法在逐渐淡化。虽说如果穿好防护服，隔绝掉有毒气体，进入火场也不是一定危险，但现在通常的做法是先灭火、后救人。

那就意味着在火势被控制前，困在屋内的人要一直忍受烈火灼烧。这种灼烧会严重损害人体，我们有时甚至无法通过外表判断死者身份、性别，尸体也会发生碳化。

死者的部分牙齿或许可以得以保留，但留下的也只有这些了。由于火灾现场的温度没有火葬场那么高，尸体经过燃烧后会变小，但不会化成白骨，所以我们见到的尸体往往又黑又小，很难确定其身份。

此外，除了这种真正意义上的火灾，生活中还潜伏着其他与“火”有关的危机。

比如有人会在床上吸烟。有人或许会觉得是香烟引发了火灾，如果火势无法得到及时控制，吸烟者就会被烧死，但事实并非如此。

当烟蒂落在枕头上时，真正起火的范围并不大，但会让床垫里的材料产生有毒气体，一旦被人体吸入，就可能致人死亡。

人的生命只有一次，稍有不慎便会造成无法挽回的结局。所以不只是火灾，火灾发生前也潜伏着种种危机。

但这恰巧给了一些人可乘之机——有人故意让被害人躺在床上吸烟，等他吸入有毒气体后死亡，洗脱自己的嫌疑。

如果问一问消防队员，我想应该能听到不少令人倍感无奈的故事。

被拦在大火面前的家人疯了一样地想要冲进去。“你进去了也得死！”消防员狠下心来这样说。如果是母亲为了救孩子，或许真的会将自己的生死置之度外。

我想消防员们一定见过太多这样的事。

在面对普通状态的尸体时，人们一定会痛哭流涕。但当最亲近的父母、孩子变成面目全非的焦炭时，人们心中的震惊会大于悲伤，反而流不出眼泪了。这真是不可思议。

“请您确认死者身份。”

尸体的样貌变化实在太大，以至于缺乏真实感。

无法维持人形。

所以震惊会大过悲伤。

通过对比牙齿或者检验DNA，家属会知道“这是我的丈夫”“这是我的孩子”，但不会喊着他们的名字失声痛哭。

他们或许会通过尸体戴的手表、镶的金牙，判断出“哦，确实是他”，但这只是确认身份。

他们潜意识里抵触悲伤情绪——而这却是另一种层面的悲伤。

知道真相却拒绝真相，一边说着“你怎么变成这个样子了”，心里却一点也不愿意相信。他们希望面前的不是自己的亲人。

这实在是太令人痛彻心扉了。

抛弃孩子——母亲的另一种本能

我之前反复强调，母亲会不顾一切保护自己的孩子。这是所有动物的本能。

但我也看过这样的电视节目：在非洲的大草原上，有一群狮子。狮群由两三头雄狮、五六头雌狮和三四头幼狮组成。狮子是群居生活，幼年雄狮长到两岁就会被逐出狮群，四处流浪。

等到了交配的季节，年轻的雄狮又会找到新的狮群。如果狮群中有更加强壮的雄狮，新来的就会被驱赶出去，继续流浪；如果运气比较好，碰上年老体弱的雄狮，它就会取而代之。

狮群的领袖新旧交替，年轻的雄狮成为新的狮王。

然而接下来发生的事情就十分匪夷所思了——新的狮王会吃掉所有半年内出生的幼狮。

或许它知道这些幼狮不是它的孩子，为了宣示所有权，它才会这样做。

这种行为无可厚非，但令我不解的是这个时候雌狮的反应。

对于雌狮而言，不论幼狮的父亲是谁，孩子都是它生的。但当新的狮王吃掉幼狮时，它却沉默地在一旁看着。

自己的孩子被吃掉了。而母亲却不打算阻止，只是默默看着。

不是说母亲会保护自己的孩子吗？我不禁迷惑，那雌狮的这种行为又该作何解释？

太奇怪了。

我从事法医以来一直坚信的理念，仿佛在此刻受到了质疑。

我特意请教了生物专家，得到如下结论：对于发情期的雌狮而言，当新的雄狮到来时，它的身份就发生了变化——不再是幼狮的母亲，而是新任狮王的妻子。这是为了能和新的狮王交配，为族群生下新的幼崽。这种行为可以避免狮群近亲繁衍，幼崽也会更加强壮。这是一种进化方式。

为了族群的繁衍，亲生母亲可以眼睁睁看着自己的孩子被吃掉。

人类社会也发生过类似的事。

离婚的女人带着孩子和另一个男人结婚了。新的丈夫有时会虐待，甚至杀害那个孩子。这种行为和狮群有些相似。但究竟哪一种才是母亲的本能？保护自己的孩子，还是考虑种族的繁衍？我一时无法回答。

或者说不论是人类还是动物，母亲都兼具这两种本能——她会下意识保护自己的孩子，也会为了迎接新的丈夫抛弃过去的孩子。还是说这不是本能，而是一种近乎防卫或自卫的手段。

这大概就是自然的法则，为了子孙后代能够繁衍下去。看到狮群的这种行为，我知道没有看不到的神明从中指引，但还是会不自觉地感慨自然的伟大与残酷。

父亲身上的勇气

我在书中多次强调母爱的伟大与无私。

那么与之相对的，父爱又如何呢?

父亲也会和母亲一样深爱自己的孩子吗?

我也是一名父亲，结合自己的体会，虽然说出来有些惭愧，但父亲对孩子的爱确实比不上母亲。

正如我之前写到的，母亲为了保护襁褓中的孩子，可以用身体挡住婴儿车。这一点父亲通常是做不到的。

在那起案件中，母亲背对穷凶极恶的犯人，被一刀刺穿身体，怀里的孩子也被刺中头部，两人最终都失血而亡。从法医的角度来说，孩子的直接死因是脑出血——虽然这也可以看作是一种出血，但不是大出血，而是大脑功能丧失导致的死亡。

有人问过我，如果一个人大出血，有没有什么应急处置措施？比如按压伤口。的确，按压伤口确实能在一定程度上止血，但也只是一定程度上。

此外，也有人问我，如果一个人被菜刀之类的刺中，要不要立刻把刀拔出来。

从结论上说，最好不要。而且应该及时将伤者送去医院，因为医生会一边止血一边进行手术。不过如果一个人失血严重，即便是成年人，送去医院也是凶多吉少。

那么什么情况下人才可能获救？除非他没有被伤到大血管，只有这种时候，手术才能救回他一命。

所以假如有人被刀刺中了，不管情况如何，都不要擅自把刀拔出来，而是迅速送医。

曾经就有警视厅长官[①]遇袭，腹部中了三枪，命在旦夕。他被紧急送去医院，经过手术，最终获救。

事实上，子弹一旦击中人体，就会在身体内高速旋转弹开，由于肠道是盘旋在腹腔内的，所以即便子弹径直穿打进去，也会给肠道造成五六处伤口。

此外，由于腹部同样存在大量血管，人中弹后也会大出血。好在本案中医生及时进行开腹手术，缝合了血管，才保住了长官的性命。假如他中弹的部位是头或者胸，恐怕就救不回来了。

人的生命十分脆弱，稍有不慎或者运气差一点（不

① 1995 年 3 月 30 日，日本警察厅长官国松孝次在家中公寓门前遭到不明身份的蒙面枪手狙击。国松孝次重伤，一度陷入重度昏迷，后经全力抢救获救。但本案一直悬而未决。

知我这种表述是否合适），就可能丢了性命。

正如前文的那对母子，两人就伤在胸部和头部。人一旦胸部受创，就可能伤到肺，而肺部血管密集，医生无法短时间内缝合所有血管。伤到其他血管密集的部位也是一样的道理，这样的伤者很难救回来。

另一方面，孩子被刺中头部，伤了大脑。这种伤属于致命伤，除了会引发脑部出血，更关键的是大脑机能受损，发出求生信号的命令系统出现故障，人也就活不了了。

话虽如此，那么父爱究竟怎么表现出来呢？

面对穷凶极恶的犯人，父亲大概会挺胸而出与对方对峙吧。

这就是男女的差异。

当然，这种差异不仅体现在这类案件上，还有下面这种情况。

假如我的儿子出现了肾功能衰竭，除了移植没有其他获救办法。这个时候，最好选择亲子之间的移植——不是出于什么道德观念，而是血缘关系摆在这里。

如果这时儿子对我说："爸爸，给我一个肾吧。"

我会如何回答呢？

我想这一定是一个艰难的选择，我恐怕不会一口答应下来："好的，给你一个。"当然，这一切都是假设。

可如果换作妻子呢？

我想她一定会毫不犹豫地答应下来，无论付出什么代价，只要能救儿子。

母亲就是这样，可以为了孩子不顾一切。

因为这是她生命的一部分。

男女间的差异或许就是这么大。

我又不禁想起河野太郎[①]，这位令人钦佩的众议院议员。

他的父亲是河野洋平，曾患严重肝脏疾病，一度很少出席国会，脸色也十分难看。那时，河野太郎提出可以将自己的一部分肝脏移植给父亲。后来经过手术，父亲的身体又恢复了健康。

媒体没有大规模报道此事，但在我看来，这种行为值得被更多人看到，因为这确实需要相当的勇气与爱。

即便面对自己的孩子，父亲也很难说出马上给他一

① 日本前副首相、前内阁官房长官、前众议院议长河野洋平与武子的长子。曾任日本总务政务官、法务副大臣、国家公安委员长、行政改革担当大臣，现任日本行政改革担当大臣（截至 2020 年 11 月）。2002 年，河野洋平因为丙型肝炎，出现严重肝硬化，当时 39 岁的河野太郎毫不犹豫地将自己肝脏的一部分移植给了父亲。

颗肾这种话，何况是儿子将部分肝脏移植给父亲。从自然规律上看，父亲会比儿子先离世。儿子对父亲的爱往往没有父亲对儿子的爱强烈，但河野太郎还是做到了，这种行为无疑值得人们称颂。

寄托在男性“象征”上的爱

女人将男人的生殖器割了下来。

听上去就让人觉得毛骨悚然。在诸位读者看来，女人为什么会这么做呢?

恐怕不少人会觉得，她一定是出于极度嫉妒或愤怒，才会做出这样的事。

事实真相又如何?即便我当了多年法医，类似的案件也只遇到这一起。

尸检结果我稍后再谈，在此之前，我想先和大家聊一聊非常有名的“阿部定事件”。

这个案子虽未经我手，但我在写本书时特意搜集了一些资料，发现人们对这起为人熟知的案件其实有颇多误解之处。

提起“阿部定”，不少人会迅速联想到“割掉男人生殖器”的行为，这个名字几乎成了这种行为的代名词。电视台也做过相关报道，不过由于年代久远，如今的年轻人可能不怎么知道了。在当年，这个女人可是非常有名的——她割掉了心爱男人的生殖器。

32 岁的阿部定曾在某餐厅做服务员，没过多久就背着店主的妻子，和店主成了情人。有一天，二人去外面偷情。发生关系时，阿部定提出："听说用绳子勒住脖子感觉会更好。"

两人似乎存在施虐（Sadism）和受虐倾向（Masochism）。男人同意了阿部定的提议，他们用绳子勒住对方的脖子，而且一发不可收拾。

"再勒紧一点。"

"再紧一点。"

阿部定听了男人的话，不断收紧手中的绳子。然而等她回过神时，面前深爱的男人已经没了呼吸。

这就是发生在昭和十一年（1936 年）5 月 18 日东京都荒川区尾久地区的"阿部定事件"。

他们的行为本身并不稀奇，我也遇到过多起 SM 致死事件。不过据我所知，这些人都不是死在 SM 酒店里的。大家都是普通人，因为一时兴奋过度，没有及时收手，最终酿成悲剧。相反，如果是 SM 酒店，即便再怎么像真的，本质也只是提供服务。

关于这起案件，我印象最深的就是阿部定割下了男人的生殖器，除此之外，由于时隔太久，已经记不太清了。趁着这次写书，我又重新查了资料，再次震惊于男人死后阿部定的一系列行为。

大家普遍认为，阿部定割掉了男人生殖器，是一个“性癖异常”的女性。我此前也一直是这么认为。但查了资料才发现，真相并非如此，这背后还有隐情。

事实上，阿部定割掉了男人的睾丸和阴茎后，就将它们带走了——她不只割掉了，还随身带着。

即便后来被警方逮捕，她也没有丢掉。我想在场的警察也一定十分震惊吧。

由于性质猎奇，这起案子当时引起了不小的轰动。不过大家都认为阿部定是因为嫉妒才下此毒手，是个性格残暴的女人。然而事实并非如此。

“我不愿交给任何人。这是我最心爱的男人的东西。”

这大概才是她的真实想法。

法院认为，由于阿部定是听了男人“再勒紧一点”的指示，才将对方勒死，属于过失杀人，最终判处其有期徒刑六年。她入狱并非因为故意杀人，而是过失杀人，这一点希望大家了解。

此外，由于她在狱中表现良好，大约五年后就出狱了。之后她隐姓埋名，过上了普通人的生活。

然而媒体还是没有放过她，大规模报道相关信息，阿部定的名字也频繁出现在杂志、报纸上。据说她后来开办了自己的剧院，甚至将这起案件搬上舞台，还开过餐厅，一度吸引了很多顾客。导演大岛渚也以此案为原型拍了电影《感官世界》[①]。

这就是发生在昭和年代初期的“残忍”案件，女人杀害了男人，割掉其生殖器后离开。即便放在今天，人们还是会被其中猎奇的部分吸引，但和大多数人的预想不同，这其实是一起过失杀人案件，女人深爱着男人，“不愿将它们交给任何人”。

再说回我遇到的案子，那是我法医生涯中遇到的唯一一起女性割掉男人生殖器的案件。

她为什么要这么做？

和阿部定的案子类似，这起案子看上去也十分残忍、猎奇。然而当事人表示，她也是因为“我真的很爱他，这是他宝贵的‘象征’，不想让其他女人碰”，才会下此杀手。不是出于恨，而是出于爱。

和上述案件相比，如今的一些案子反而更缺乏人情。

---

① 日文原名《愛のコリーダ》，由日本、法国合作制片，改编自 1936 年的阿部定事件，1976 年于日本上映。

除了个别案件，最近的女性犯罪大多和钱有关，为了钱可以轻易夺走珍视之人的性命。

即便是身强力壮的男人，只要让他们睡着了就可以任由自己摆布。这种恶劣的手段在社会上广泛传播，引得贪婪的女人毫无羞耻心地竞相模仿，也让骗取保险金的案件越来越多。

不论是哪种犯罪，都不值得被原谅。但和如今的犯人相比，过去犯人的想法或许更容易理解一些。如今的犯罪愈发冷漠，一些女人原本并不为钱所困，只是为了过上奢侈的生活，就对自己的丈夫或者其他身边人痛下杀手。

人们或许会觉得阿部定以及我经历的那起案件的凶手残忍，他们甚至割掉了尸体的一部分器官，但她们都没有被判重罪，也是因为她们的作案理由其实是一种“爱”。

“因为是我心爱之人的‘象征’。”

阿部定失手杀了男人，但一直将他的一部分带在身边。

爱究竟是什么？我们不妨再问问自己。

第三章

匪夷所思的悲剧

恬静风光下的黑暗与恐怖

最近有一本书很是畅销——《人的外表占九成》[①]（新潮社），讨论的是人的外表与内在的关系。但俗话说，人不可貌相。我接下来要讲的这个故事就是如此——一位平平无奇的农妇引发了一连串恐怖事件。

农妇住在九州某地的乡下，地方不大，尚且保留着过去的一些习俗。比如人们可以在那里看到行脚商，他们用包袱布[②]裹着蔬菜、鱼之类的食物到处叫卖。

这一天，几名行脚商来到这里。他们穿过小得连工作人员都没有的车站，背着重重的包裹，宛如寄居蟹一般顺着坡道哼哧哼哧向上走。

坡道尽头有一栋孤零零的小屋，从那里俯瞰山麓，可以看到山间散落分布着的农家和漫山遍野的橘子树。

正午时刻，行脚商们在小屋的外走廊[③]上歇脚。这是

① 日文为《人は見た目が9割》，作者是竹内一郎，2005年由新潮社出版。

② 日文为"風呂敷"，用于搬运或收纳物品。

③ 日式传统建筑中的外走廊。

他们一直以来的习惯——在这家休息片刻，顺便吃午饭。

这家的主人会端出茶来。行脚商们一边喝茶，一边拿出早上在家里做好的便当。大家一边闲聊一边吃饭，这种闲适的场景如今已经很少见了。

这家原本住着两个人，上了年纪的老太太和十几年前嫁过来的儿媳。老太太后来因病去世了，剩下五十来岁的儿媳一个人生活。

在老太太去世前，行脚商们就会来这家吃午饭，老人不仅会给他们泡茶，还会准备酱菜、小咸菜。大家其乐融融，连时间都仿佛静止了。

对于城里来的游客来说，这种景象实在太过难得——原来日本还有这样的地方啊。想来他们也会忘记时间，在这样的美景前驻足。

然而有一天，悲剧发生了。

一个行脚商在吃饭的时候突然倒下了。大家连忙喊来附近的医生，但没过多久那个人就死了。医生判断这个人是死于脑溢血。

然而悲剧并未就此停止。

自那之后，接连三个行脚商死去。他们来自不同的地区，但都是在这家吃饭时当着大家的面死的。

这实在过于匪夷所思。

得知消息后，警方在第三名死者出现时立刻展开正式调查，并在检验尸体时发现死者的瞳孔是收缩的。

“这太奇怪了。按理说人死后神经麻痹，瞳孔括约肌也会松弛。肌肉一旦松弛，瞳孔就会扩散。与此同时，肛门括约肌、膀胱括约肌也会麻痹，所以尸体失禁是很常见的现象。可这次的尸体却不是这样。”

本案中，尸体的瞳孔并未扩散，这引起了警方的怀疑。由于情况比较特殊，尸体随后被送去司法解剖。

经检验，法医在尸体中发现了乙基对硫磷[①]这种有机磷农药。

警方立刻审问那家的主妇，女人轻易地坦白了真相——她在酱菜上涂了农药，将行脚商毒死了。

行脚商吃了掺有毒药的酱菜后，不久便开始痉挛，然后动弹不得。女人趁机拿走了他身上的财物，装着好心的样子喊来附近的医生。医生也被女人骗了，认为行脚商是死于脑出血或者心脏病突发，开具了死亡诊断书。

由于女人短时间内多次作案，接连三名行脚商在同一地点死亡，这才引起了警方的注意。

---

① 又称农药1605，为广谱性有机磷类杀虫剂，属于高毒、高残留、高污染的农药，最早由德国人发明，合成时间是在第二次世界大战后，20世纪70年代在中国开始使用，现已禁止使用。

然而行脚商身上又有多少钱呢？女人就是为了贪图这一点钱财，不惜杀了往日里一起吃饭、聊天的朋友，而且是一而再再而三地行凶。

事实上，更加残酷的真相还在后面。

警方在调查中发现，女性杀害的第一人并不是这三名行脚商中的一个，而是和她朝夕相处的婆婆。

她因为讨厌和婆婆一起生活，所以痛下杀手。

据她自己供述，当时她骗医生说婆婆是死于脑出血，医生也为她开具了死亡诊断书。女人尝到了甜头，这才接连作案。

本案中，由于女人作案时间间隔短，而且是同一地点杀人，所以才被人怀疑。倘若她不频繁作案，而且选择在不同地点下手，或许真相就永远没有大白的一天。

几人围坐在山间小屋前吃饭的温馨场景背后，是血淋淋的四条人命。仿佛一部两小时的侦探片，写出来或许不太具有冲击力，但设身处地想一想，就会让人背脊发凉：这种事情真的会发生在现实生活中吗？

太过超出想象的案件反而缺乏真实感。

那么事情为什么会发展到这一步？

女人为什么可以接连杀害四个人？

原因之一就是和其他犯罪行为相比，投毒会让行凶者更缺乏杀人的真实感受。如果一个人将另一个人勒死，或者用刀将其捅死，行凶者就很容易产生罪恶感，相比而言，投毒的罪恶感会低很多。

早在江户时期[①]，人们就知道用乌头[②]、砒霜杀人。人们大多知道乌头有毒，但这种物质离普通人的生活很远，因为只有在捕猎熊的时候会将乌头涂在箭上。

换句话说，上流社会更容易接触到这些毒物。

和如今不同，那个时期各个阶层之间地位悬殊，围绕继承权引发的问题更数不胜数。家臣们都想让自己拥护的人继承家主之位，所以就会想到用乌头杀人。不过这些事不会被写入历史，我们也无从寻找真正的犯人。

此外，由于当时没有检测毒物的方法，即便人们怀疑端上来的东西有毒，也无法判断是什么。所以在那个暗潮涌动的时代里，位高权重者一旦觉得自己被人盯上了，就会用银筷子试毒或者找人替他试毒，防范于未然。

到了明治时期[③]，氰化钾等化学物质从国外引入日本，最初主要用于消灭老鼠、虱子、臭虫等害虫。当时，人

---

① 1603—1868 年，日本历史上武家封建时代的最后一个时期，统治者为德川氏。

② 含有乌头碱，会破坏人体的神经系统、循环系统及消化系统。

③ 1868—1912 年，日本积极学习欧美的各种制度、文化、科学技术。

们会在密不透风的船舱里焚烧这种物质，所以常常有人误吸身亡。

渐渐地，人们开始了解氰化钾的毒性，于是意外事故逐步演变成杀人事件——人们开始用这种物质杀人，乌头等传统毒物也被氰化钾取代。

到了昭和[①]三四十年代，农药广泛用于治理害虫，传统毒药慢慢退出历史舞台。无论是自杀还是杀人，人们更倾向用安眠药或者一氧化碳中毒。而到了昭和五六十年代，先用安眠药将人迷倒，再将其勒死的案件激增。不过令人意外的是，平成年代[②]以后，使用氰化钾杀人的情况又有所增加。

恬静的山间村落里，女人为了一点金钱不惜用毒药夺走四个人的生命。

如果这件事发生在江户时期，又会有怎样的结局?

恐怕四人都会被当成病死处理吧。这样想来，又不知有多少被毒死之人含恨而终，而真相永远被历史掩埋。

不，即便是今天，也存在这样的冤案。

---

① 1926—1989 年，昭和三四十年代即战后昭和时期，日本经济得到了快速恢复和惊人的增长。

② 1989—2019 年。

以食物为陷阱的连环杀人犯

“饥荒”一词对于如今的年轻人来说，或许比较陌生。

但我经历过饥荒，深知世上没有什么事比食不果腹更煎熬。我的感受尚且如此，何况是必须抚养孩子的母亲。

母亲已经饥肠辘辘了，孩子还在因为饥饿哭泣。如今的人们也许想象不出，但在战争时期，这种事情时有发生。

没有食物。必须找些东西果腹。

在那个混乱的时期，有人就是利用母亲的这种无助的心理，做出丧尽天良的恶事。

“我知道哪里可以换粮食。”

一个名叫小平的四十多岁的男人，就是用这套说辞，将年轻的母亲们骗到人迹罕至的地方奸杀。当时国内粮食紧张，丈夫外出工作时，妻子需要筹备食物。她们只能向农家求助，但即便是农家，储存的粮食也有限，不可能随意分给她们。

那时，物物交换比金钱交易更为盛行。妻子们会将嫁妆里的和服、首饰放进包里，和别人交换粮食。

为了不让家人饿死，她们会坐一个多小时的电车，去郊外找农家。电车的终点站总能见到背着大包小包出来买东西的女人。

这些人就成了小平的目标。

他谎称自己认识可以换粮食的农家，将年轻的主妇们骗去荒郊野外，实施强奸再将她们杀害。

从昭和二十年5月到次年8月的一年三个月的时间里，小平一共奸杀了10名年轻女性[①]。

除了实施强奸，小平作案时还有一大特征——他会掐住女性的脖子，以获得更强烈的性快感。他就这样接连杀害了几个人。

如果人被掐住脖子，大脑的血液循环就会受阻，出现缺氧症状，然后进入窒息的第二阶段——痉挛期。这时，女性的身体会不住抽搐。如果及时松手，受害者也能重新吸入氧气，不至于送命。但由于自己的脸被对方看到了，为了灭口，小平只得将她们一一掐死。

---

① 小平事件，1945年（昭和二十年）至1946年（昭和二十一年）发生在东京都及周边地区的连环强奸杀人案，又称小平义雄事件，小平义雄于1949年10月被执行死刑。

这就是接连出现10名死者的连环杀人案的真相。

这起性犯罪案件在当时十分具有代表性。此外，还有发生在1971年的“大久保清事件”，又被称作“第二小平事件”[①]。

一个名为大久保的男性戴着贝雷帽，装成艺术家、美术老师的样子，开着白色的崭新轿车找女性搭讪。据说他会发出邀请“要不要坐进来？”“一起去兜风吧”，对方基本都会同意。

结果共有8名年轻女性被他骗去人迹罕至的郊外奸杀。

其实早在连环案发生的16年前，昭和三十年（1955年）7月，大久保就已经显现出作案苗头了。当时年仅19岁的他以问路之名，接近了一名17岁的女高中生，将其诱拐至偏僻的地方实施强奸。他随后被警方逮捕，但由于是初犯，一年六个月后就被释放了。

他后来又企图强奸另一名女性，但女性拼命反抗，大久保也被赶来的农夫制止。由于这次强奸未遂，大久保只被判缓刑。3个月后，他再次作案，结果以强奸妇女罪重新入狱。

---

① 大久保清事件，1971年（昭和四十六年）3—5月，发生在群马县的连环杀人案，大久保清于1976年1月被执行死刑。

不论是小平事件还是大久保清事件，作案人都是为了满足一己私欲，残忍杀害了多名女性。两起案件都属于强奸致死案。与之相比，近年新增的一些案件性质更为恶劣——作案人盯上了未成年女性，甚至将她们监禁起来。

凶手不再瞄准成年女性，而是挑幼女下手，这放在过去是不可想象的。他们选择反抗能力更弱的幼女作为对象，实施犯罪。

我年轻时几乎没有听说过囚禁女性的案件，一直到快退休时，才出现了震惊全国的“宫崎勤事件”[①]，作案人直到前几年才被宣判死刑。或许就是从那个时候起，这类犯罪开始盛行。平成年代以来，猎奇的性犯罪也越来越多了。

几年前媒体曝光了某宗教团体的牧师强奸幼女信徒一案[②]。这类案件中，作案人无视女性的人权，为了一己私欲将其监禁起来，甚至不把她们当人对待。这种性质

① 东京·埼玉连环幼女诱拐杀人案，1988 年（昭和六十三年）至 1989 年（平成元年）发生在东京都西北部、埼玉县西南部的连环诱拐杀人案。宫崎勤于 2008 年被执行死刑。

② 圣神中央教会事件，2005 年（平成十七年）曝光的性犯罪案。基督教系新宗教团体圣神中央教会的在日韩国人主管牧师金保利用自身身份地位，对 7 名少女信徒共实施 22 次强奸。

恶劣的事件越来越多，且有一个共同点：作案人都是连续作案。

这实在令人愤怒且痛心。

回到本篇最初的案子，小平以食物为陷阱，骗取年轻主妇们的信任后再将其奸杀。倘若他在初次犯罪时就受到严厉惩罚，恐怕也不会有后来的悲剧发生。这样想来，我心中愈发悲痛，我相信诸位读者也一定有同样的感受。

世界上最可恨的邻居

不知大家是否和邻居相处融洽？或许你也曾因为噪音、物品摆放的位置等小问题和邻居产生摩擦。越是点头之交，越容易产生积怨。

人们总说远亲不如近邻，放在过去确实如此，如今却不同了。日语中，人们对邻居的称呼也在发生变化①。至少在我看来，如今的说法虽然不近人情，但也更接近现实。

大家或许还记得这个新闻：一位中年主妇站在阳台上，一边敲打被子一边痛骂邻居，“快搬家！快搬家！”她甚至将广播的音量调到最大，不分昼夜地播放。②

当时不少电视台都播放过这段视频，给人们留下了

① 过去称“お隣さん”，日语“お～さん”的结构显得亲昵、口语化；如今称“隣人”，不如前者有亲切感。

② 奈良噪音伤害事件。20 世纪 90 年代，一位名叫河原美代子的中年女性在奈良县生驹郡不断骚扰邻居长达两年半，导致住在附近的夫妻二人出现失眠、头晕的症状。河原美代子于 2005 年 4 月被奈良警方以伤害罪的名义逮捕，2007 年最高法院判处其有期徒刑一年。邻居夫妻二人曾将河原美代子一边敲打被子一边喊着“快搬家！快搬家！”的画面录了下来，交给媒体，电视也多次播放这段视频，河原美代子也被戏称为“噪音大妈”。

深刻印象。

这位主妇的做法确实不符合常理，任谁看了都会觉得惊讶。当事人也因为这一系列举动被大家戏称为“搬家大妈”“噪音大妈”。然而这则啼笑皆非的新闻却有一个让人意想不到的结局——就在前些日子，“噪音大妈”被判处有期徒刑一年。因为她的这种扰邻行为竟然长达十年之久，让附近的邻居们苦不堪言。

几乎同一时期，电视还报道了另一则新闻：一位住在大阪的七十多岁的女性从二十七楼向下扔花盆等杂物。好在没有砸到人，否则就是一起无差别杀人案了。

上述两则新闻都发生在你我身边，正是因为离我们的生活很近，才会让看电视的人们感到不寒而栗。

邻里之间的纠纷有时需要很长一段时间才能平息，这也从一个侧面上体现了现代社会复杂的人际关系。

我又想起另外一起案件。

某天，一个女人带着宠物狗外出散步，恰巧另一个女人骑着自行车从她身边经过。不知怎的，宠物狗突然咬了这个人的腿。

一般来说，如果遇到这种情况，两个当事人一定会现场沟通，比如伤势如何、要不要去医院等等。但本案中的两个人却一句话没说，各自离开了。

大家或许会想，这样毫无交集的两个人是不是突然有一天重逢了？事实并非如此，这两个人其实认识，而且是邻居，平日还会因为一些事情争吵。

二人的孩子年龄相仿，在同一年级读书，关系并不好。双方的父母也闹得比较僵，说一句“水火不容”也不为过。

这天傍晚，被咬的女人和丈夫一起上门理论。女人说自己去了医院，处理了伤口。医生说治疗周期需要五天，还开具了诊断书。女人拿着诊断书，向狗主人索要赔偿费。

两家的关系原本就不好，这下更是火上浇油。

他们没有私下和解，而是闹上了简易法院[①]。但由于医生确实开具了诊断书，女人被狗咬了也是事实，狗主人最终败诉，不得不支付赔偿金。

就是这个时候，狗主人和律师一起找到了我。

在他们交给我的资料里，有一张照片，正是女人伤口的照片。我让兽医朋友看了照片，他却表示：“只看照片，不能肯定这就是被狗咬的啊。”

我和他的想法一样。

---

① 负责处理日常生活中情节较为轻微的民事案件、刑事案件。

一般来说，如果人被狗咬了，伤口一定会留下齿痕。然而这张照片上并没有类似的痕迹，只有一条淡淡的细痕，仿佛被什么东西划了。

由于狗的牙齿是尖峰状的，一旦咬到人，牙齿就会陷入皮肤。如果女人腿上有被咬出的洞，而且齿痕与狗的牙齿相符，那么照片也能作为证据。然而本案并非如此。

我如实写了鉴定书，也作为鉴定证人出席了法庭。此前我也有过几十次出庭作证的经历，但没有一次像这回一样心累。

“只从伤口看，并不能说女子就是被狗咬的。由于狗的牙齿是尖峰状的，一旦咬到人，牙齿就会陷入皮肤。本案女子的伤口更像是划伤，与咬伤特征不符。只看照片，证据不足。”

然而听了我的证词，法官却说：“最终给出判决结论的是庭长，你这话有些绝对了。”

检察官和他持同样意见。

我差点要怀疑自己的耳朵：这说得仿佛一开始就有了结论，而且根本不合理。

等我从法庭出来，和律师聊了聊，才知道此前就有不少人说法官和检察官关系密切。

我是作为鉴定证人出庭的，我的工作就是根据交过来的资料做出客观判断，从法医学的角度陈述事实，绝不偏袒任何一方。

然而法官却如此轻易地说：“最终给出判决结论的是庭长，你这话有些绝对了。”

我不敢相信竟然还存在这样的法官。

这起案子最终闹到了最高法院，不过后来我没有出庭，也不知道结果如何。想来如果狗主人胜诉了，大概会联系我表示感谢吧。然而她没有联系我，可能就是败诉了。这让我不禁对法院的判断产生质疑。

如果一个人被狗咬了，放在过去是私下就能协商解决的事，如今却闹到了最高法院。现在需要法院解决的案件越来越多，为了尽快得出结论，法院判决时也不能做到次次细致、认真。这实在令人遗憾。

不管怎么说，现代人的邻里关系不如过去和睦，越来越多的邻居因为一些琐事闹得不可开交。这种事本应该由双方共同解决的。

或许是因为现代人的压力太大，又缺乏可以倾诉的对象，所以人与人之间的矛盾一触即发。

就在我写这段话的时候，电视上正播放着东南亚地区的影片。

夕阳下，一个穿着橡胶拖鞋的女孩从小巷里跑出来。

女孩差点撞上路边的大叔，不好意思地笑笑。这时，恰巧一辆摩托车从他们身边经过，车上坐着两个女人。前面的那个用腿夹着装着水的塑料桶，后面的那个回头看了一眼小女孩，嘴里说着什么。小女孩撒娇似的点点头，换来女人的友好的微笑。

就在前些年，我们还能在日本看到这样的场景。

请让我吸你的血

“我想吸血。”

一个女人如此坦白道。

因为工作的缘故，我经常能接触到各种各样的杀人案。

然而看到这篇报道时，还是忍不住吃了一惊。文章刊登在晚报的角落里，大概是法医的直觉，我下意识觉得这起案子不简单。

我前面多次写到，我从业以来共检验过两万余具尸体，也就意味着我调查过两万余起案件。

这些案件背后的悲欢离合都尽数印在我的脑海，所以有时我也会在心中作出评价——比如这个案件属于新型犯罪、那个案件性质恶劣令人发指，但很少能有案件让我觉得瞠目结舌。此前我在《男与女的悲伤遗体》[①]一书中写过性交猝死，其中一案的死者竟然是一位上了年

① 日文书名《男と女の悲しい死体》，2003年由青春出版社出版。

纪的女性，这实属少见。

但除此之外就很少有案件让我心中一惊了，直到我看到这篇报道。

吸血？这究竟是怎么回事？

难道真的存在吸血鬼？而且是女性吸血鬼。

“越是挣扎，越不想让你离开。”

在电影《夜访吸血鬼》中，吸血鬼曾说过这样一句话。然而在现实生活中，据俄通社－塔斯社报道，一名女性就真的咬了另外一名男性并兴奋地吸他的血，宛如电影情节一般。

事情发生在海参崴的某商业街，一名女性邀请了一名年轻的男警官来自己家中的派对，却在派对上将其杀害。报道称，女人是当着其他熟客的面动手的，他们原本正在喝酒，女人却突然拿出刀袭击了男人。在所有人震惊的目光中，她紧紧咬住男人的伤口，不住吸血。

日本曾发生过男性犯人将女性杀害后残害其躯体的恶性事情，女性反过来残害男性的事情却闻所未闻。

而这名女性不仅将男人杀了，还吸他的血。

这不由让我想起另一起案件，和本案有些相似——一名日本籍男性杀害了一名荷兰籍白人女性后，将尸体放入冰箱再吃掉。

这就是发生在1981年，令世界哗然的巴黎人肉事件[①]。

男人在证词中说道："我一直想尝一尝人肉的味道。"

这位俄罗斯女性或许是想尝一尝人血吧。

这两起案件实在太过骇人听闻，即便我亲眼见过太多惨烈的死亡现场，也不由得背脊生寒。

据说那名俄罗斯女性很快被警方逮捕，她在审讯过程中供述了事情的来龙去脉。

她在被告席上说："我想尝一尝人血的味道，所以把他杀了。"

这又是怎样一种匪夷所思的想法。

飞机、手机、网络……科技的进步让人们的愿望逐一化作现实，但并不意味着人们无意识中的幻想可以创造出吸血鬼德古拉。

在如今这个时代里，一些宛如科幻作品一般、根本无法想象的情节正在现实世界中上演。

德古拉不只存在于虚构的故事中。

他也存在于真实世界，而且还是一名女性。这起案

① 1981年6月，日本籍男性佐川一政杀害一名荷兰女性后，将其尸体分切并吃掉。他后被法国警方逮捕，又因精神疾病引渡回日本，并未被判处死刑。

件虽然发生在俄罗斯，但谁也不能保证日本不会有类似的悲剧发生。但我衷心希望，这样的情况最好不变成现实。

为殉职的警察做尸检

越是年轻人，对生的执念越是强烈。和老人相比，年轻人更希望自己能够活下去。所以在面对无法逃避的死亡时，会想尽一切办法反抗。

人们总说，年轻人一旦生病了，就会拼命与病魔作斗争。这不是一种比喻，而是真的“身体在对抗死亡”。

——我还没到死的时候。

对于年轻人来说，死亡尚且遥远，不应该这么早到来。人的身体构造也印证了这一点，这是我多年检验尸体得出的结论。

年轻人都是挣扎过后死去的。

与之相对，长寿之人在生命结束时走得比较安详，正如产了卵的鲑鱼，它们已经完成了自己的使命。或许对这些人来说，他们已经体会了人生百态，身体也会发出“已经到时间了”的信号，所以可以平静地接受死亡。

当然，这只是通常情况下，自然也存在特例。

“明明对抗病魔时那么痛苦，死后却如此安详。”

看着死去的亲人遗容安详，家人终于能放下心来。对于他们来说，这无疑是一种慰藉。但严格意义上讲，这并非“安详地死去”，只是肌肉松弛现象而已。

从医学的角度来说，人死后神经系统麻痹，肌肉不再紧张，不论这个人死前如何痛苦、悲伤或喜悦，最终都会安详地死去。这就是人体的构造。

不过对于死者家属而言，一度那样痛苦的亲人能如此平静地死去，自然感到欣慰。从某种意义上说，死去的人们也是在用这种方式“安慰”活着的亲友。或许这也是一种人体构造吧。

而与之相对的，在极为特殊的情况下，死者也可能面目狰狞。

这又是怎样一种情况呢?

比如一个人在激烈争吵过程中突然死去，那么他就很可能出现上述情况。简而言之，当一个人异常愤怒或者极度疲惫，死后的表情就会维持原状，直到尸体开始僵硬。

这种事时有发生。我就曾在尸检现场见过不少面容可怖的尸体。

最初我还有些惊讶，但问了负责调查案件的警察，基本可以得出结论：这些人大多是在打架斗殴的过程中或者极度愤怒时死去的。

只是看着他们如此挣扎的表情，又让我觉得他们或许还有一些话留给这个世界，但永远没机会开口了。

这不由让我回想起另一起案件。

一名警察在值班[①]时，和一名突然闯进来的男子发生冲突。

警察为了制伏该男子，掏出枪拿在右手上，用赤着的左手和对方搏斗。然而犯人手中拿着刀，争执过程中，警察去抓匕首，却被伤了左手。男子砍了警察好几刀，甚至伤到脸部。

犯人随即逃走了，他的逃跑路线并非直线，而是呈Z字形，是为了防止被子弹击中。

他明显具有反追捕能力。在日本，只有警察和自卫队员可以持枪，此外就是一些暴力团伙的成员。犯人很快被逮捕，经审查，他确实是参加过自卫队。

被砍伤的警察向犯人开了枪，但被对方巧妙地避开了。警察最终因失血过多死亡。

我赶到现场时，尸体张着嘴，眼睛死死盯着一点。

---

① 即“交番”，设置在街角的小型值班室，有警察轮流值班，主要负责维护治安、问询等工作。

这大概是我所有见过的尸体中，面部最狰狞的了。

他为了抵抗犯人的攻击，手、胳膊、脸都被刺伤了。

他拼尽全力和犯人搏斗，直到最后筋疲力尽，也在履行警察的职责。

尸检是在警局后院进行的，来了很多警察。

往日的同僚身中数刀，死状凄惨。或许正是他并不安详的遗容，让其他警察下定决心——一定要逮捕犯人。

几天后，犯人终于被绳之以法。

第四章

非正常死亡惨案

雪中拭汗的死者

大雪纷飞的山里，一群人被冻死了，他们直到死前还在擦汗，甚至脱光了衣服……

这是经典小说《八甲田山死之彷徨》[①]（新田次郎著）中的一幕。作品改编自真实事件[②]，后来还被拍成了电影。

这部作品引起了非常大的轰动，也让不少法医为之落泪。

倒不是因为故事煽情，而是因为这些人死因不明。

问题就出在我刚才写到的那一幕上：在八甲田山的大雪中，几个人赤身裸体死了。

电影并没有对此作出详细解释，只是笼统地说：因为寒冷麻痹了神经，这些人感受不出来热和冷，所以才会这样做。然后电影就结束了。

---

① 日文书名《八甲田山死の彷徨》，出版于 1971 年，改编自真实的事件。1977 年被拍成电影《八甲田山》，由高仓健等人主演。

② 即“八甲田雪中行军遭难事件”。1902 年 1 月，210 名日本帝国陆军第 8 师团步兵第 5 连队的士兵在穿越八甲田山区时，遭遇山中暴雪，不幸遇难，死者多达 199 人，为近代历史上最严重的集体山难事故。

我年轻时曾去青森县[①]做讲座，当时就有学员问我：

“我目前负责本地的尸体初步检验工作，也曾在冬天去过尸检现场。有时我会看到死者在冰天雪地里脱光了衣服，从医学角度上，这该如何解释呢？我读过一些书，书上写着：寒冷会导致人大脑机能降低，人就感受不出冷与热了，所以才做出这种不符合常理的行为。是否真的是这样呢？”

我没有当场回答他，回家后立刻查阅相关资料。

这确实不合常理。

人为什么会在纷纷大雪中脱掉衣服？

明明那么冷，他不应该感受到热啊。

这令我十分困惑。我又查了生理学的书，其中有这样一段话：

体温调节中枢存在于人脑中，一旦出血，人的体温就会升高或降低，导致人最终死亡。也就是说，通常的情况下，体温调节中枢可以调节人体体温，如果这个地方出了问题，人的体温就不再稳定了。

然而这就能解释上述现象了吗？我心中的疑惑还是没有解开。

---

① 位于日本本州岛最北端，属于日本地域中的东北地方。

我们假设一个体温37℃的人发烧烧到了40℃。随着体温升高，按理说他应该会感到热。但事实上，发烧的人反而会哆哆嗦嗦寒冷。这是为什么呢？反之，当他退烧时，体温下降，原本应该觉得冷。然而事实上人们退烧时反而会出汗。这又该怎么解释？

我认为原因或许出在外界气温与自身体温的关系上，这才导致了人会忽冷忽热。简单来说，当外界气温达到30℃时，人（37℃）和外界气温的温差是7℃。而冬天气温下降，如果降到0℃，这个温差就是37℃。

当这个温差减小时，人会感到热；反之，当温差增大时，人就会觉得冷。

这是否就能解释刚才的现象呢？

我们以八甲田山的情况为例：当一个人快要被冻死时，他的体温不断下降（降至30℃左右），如此一来，他和外界的温差减小，所以会觉得热，这才脱去衣服。

我是这样认为的。

自那以后过了两三个月，又发生了一件事，让我再次确认了这个观点。

我的姐姐突然病危，我急忙赶去医院。

那时是冬季，姐姐却踢开被子，喊着“太热了、太热了”。

“今天不热呀，这么冷。”我摸了摸她的身体，凉冰冰的。

明明身体这么凉，怎么还喊热——我看了看体温计，发现姐姐的体温很低。大概是因为她的体温和外界的温差逐渐变小，所以才会在大冬天喊热。

此外我还发现，一旦人出现这种错觉，可能就离去世不远了。

普通人的体温在36~37℃，当生命危急时，体温就会下降，接近外界气温。然而在这个过程中，人不会感到冷，而会觉得热。相反，如果一个人得了肺炎或者脑出血等其他疾病，体温会上升，这些人在临走前大概会喊冷吧。

所以一旦人的温度感知系统出问题，可能就真的出大问题了。

死亡来得悄无声息，这或许也是一种征兆。乍一看也许觉得不可思议，但从某种意义上说，也是一种悲伤的预警。

从疼痛中获得快感的悲剧

如果做饭时不小心切到手，人们会下意识喊疼，心情也跟着糟糕起来。

但是有人不仅不觉得“疼”，反而追求更多的痛感。这又是怎么一回事？

有些人会通过伤害自己获得快感，有这种特殊癖好的人并不罕见。然而一旦被快感冲昏了头，就可能导致死亡。这也进而引发了一个问题——这种死亡有时会被当作自杀。

我就遇到过不少自残致死的案件。正如我刚才说的，这种案件很容易被当成自杀处理，所以法医在检验尸体时一定要格外留心。

对于法医来说，一定要有这样的认识：这个世界上确实存在伤害自己，并从疼痛中获得快感的人，他们有时掌握不住分寸，最终导致死亡。如果没有这样的认识，就可能出现误判——就如自己开诊所的医生把罕见的疾病当成普通感冒处理了，引发一系列问题。

不过每当我面对这样的尸体，总是不由得思考一些哲学问题。

人究竟是什么？

人到底想做什么？

人生的终点又在何方？

这些人通过伤害自己获得快感，结果一不小心下手太重，出现感染，引发了败血症，最后死亡。他们的行为着实令人困惑。

这类人群里男性居多，但即便换位思考，他们对于快感的理解也实在超出普通人的思维，只能说是一种病态。

有人会亲手剖开自己的肚子甚至在上面画画。他会服用安眠药，神志恍惚，似乎能从切腹之痛里感受到极致的狂喜。

此外，还有性功能障碍的整形医生嗑了药后，给自己打了麻醉，将塑料插入阴茎，完成了手术。我也是在检验尸体时才发现了事情的真相。

也有人选择对尸体动手。曾经有一名女性在神社里服用安眠药自杀了。一个少年首先发现了她，出于好奇就将尸体的衣服脱了。他不仅在女子身上乱涂乱画，还从附近找来木棒侮辱她的遗体。由于该女性是自杀的，所以少年并非杀人犯，但在世人看来，他的行为也极其恶劣。

正如我刚才说的，这类人群里男性居多，但也不是不存在女性。曾经有女性因一氧化碳中毒死去，她的大腿根部文着刺青。刺青的样子很特别，左侧是三只老鼠，右侧则是传说故事里的小槌，用一根绳子牵引着。如果拉开女性的腿，小槌就仿佛能够进入她的身体。这到底有何意义，我实在不明白。

在分尸案中，凶手需要将尸体分割成小块。有人曾问过我，这项工作是否十分困难？一般来说，凶手在处理尸体的手臂、大腿时，表层的皮肉是可以轻松用普通刀具切掉的，但骨头则需要锯子。

虽然会发出声音，但也不是特别难，并不需要花费很大的力气。尤其是和年轻人相比，上了年纪的人骨头更碎，也就是更容易患骨质疏松症，分割起来更不费力气。

切的时候往往从关节处下手，依次将尸体的头部、手（也可以沿肘部再切一刀）、脚、腿部（从膝盖处）切断。如此一来，尸体只剩下一个孤零零的躯干。通常情况下，凶手不会将躯干切开，因为内脏会流出来。

然而从自残行为中获得快感的人则不属于这种情况。

选择分尸的凶手与其说寻找乐趣，更多时候是为了方便处理尸体——切成小块比较好丢掉。当然，也存在思维异于常人的凶手。

此外，经过分割的尸块即便被人发现了，由于切得很碎，看不出阴部、乳房，也无法辨别死者身份。对于凶手来说，也可以躲避警方的追捕，更是为了保护自己。

凄美的诀别骗局

只要活得足够久，我想谁都听过这样一句话。

“请再看他最后一眼吧，他走得十分安详。”

此外还有一句：“是啊，真的十分安详。”

大家可能听过，也可能如此安慰过别人。

安详，大概是每个人离开这个世界前最后的愿望。

同样，在电影《泰坦尼克号》里，男女主人公生死离别的一幕给观众留下了深刻的印象。这或许是人们潜意识里的愿望，希望死亡也能如此美丽。

不过电影毕竟是电影，需要一定程度美化死亡。对于法医来说，很多镜头其实并不合理。借此机会，我就和诸位读者聊一聊《泰坦尼克号》以及另一部经典电影中的死亡场景。

首先是刚才说的《泰坦尼克号》。

在泰坦尼克号沉没后，年轻的男女主人公被迫漂在海上。女主人公躺在木板上，男主人公原本也想爬上去，但木板无法承受两个人的重量。

为了避免木板下沉，杰克让露丝一个人躺上去，自己则抓着木板边缘漂在海里，海水冰冷刺骨。

不久后，杰克体力不支，最终冻死了。

尸体的手从木板上松开，杰克缓缓沉入大洋深处。

这一幕极具戏剧色彩，异常浪漫，也为人们熟知。

然而从法医的角度来看，这一幕明显不合理。

说出来或许有些不解风情，但诸位读者姑且听我讲一讲。

首先我们知道杰克不是溺死的，而是冻死的，那么他的尸体就不应该沉入水中。如果说得再详细一点，就更没有人情味了。

这是为什么呢？为什么冻死之人不会沉入水中？

因为人的肺部相当于一个浮囊，当一个人仰面躺在海里时，就会漂浮在水面，大家或许也有过类似的经验。然而一旦吸入海水，水进入肺部挤压空气，肺部就会失去浮囊的作用，人也就相应下沉。

在电影中，杰克是抓着木板浮在海面上的。

这时他还有意识，也就是说，他是漂在海面上时被冻死的——他死亡时肺部仍有空气，那么尸体就不应该下沉。

所以从法医学的角度，真实情况应该是这样的：

杰克紧紧抓着木板，身体浸泡在冰冷的海水中。他的意识越来越模糊，直到死亡降临，他终于松开了紧握的木板。

然后尸体缓缓沉入水中……不，尸体在刺骨的海面上漂着。

这才是正确的解释。

不过作为诀别的一幕，如果男主人公的尸体在一旁漂着，感动程度自然大打折扣。所以导演才选择让尸体沉入海底吧。

只是对于长期从事法医工作的我来说，再怎么感动，也觉得有些好笑。

此外，法国歌剧《曼侬·莱斯戈》中也有这样一幕。

这部作品或许有些读者不太熟悉，我简要介绍一下。

女主人公曼侬死在了沙漠里。男主人公格里奥将断气了的女主人公背在背上，女人的手松松地垂了下来。然后男主人公就将她扛在肩膀上，消失在沙漠尽头。这一幕给很多人留下了深刻印象。

然而从法医学上看，这也很奇怪。我再不解风情地和大家解释一下。

女主人公是疲劳过度最终死去的，这种情况下，尸体很可能因为死后僵直而保持固定的姿势。

那么她的手就不可能松松地垂下来。这大概也是为了渲染气氛，但并不符合医学常识。

真实情况应该是这样的：

女主人公僵硬得如同木头，被男主人扛着消失在沙漠里，他的背影宛如搬运假人模特的店员。

不过如果换一种思路，这些场景也说明了人们在描述死亡时，努力将其刻画得十分具有艺术性而且绝美。这大概也或多或少体现了我们的生死观。

游泳健将溺水死亡

“他明明那么擅长游泳，怎么就溺死了呢。”

在我刚成为一名法医时，每当遇到溺水的尸体，脑海中就会浮现出这样的想法。擅长游泳之人竟然溺死了，这让我感到十分不可思议。

在此之前，大家都默认溺死的原因是心脏麻痹，即便游泳健将也是如此。我有些无法接受。

“他会不会是被杀死的？”

当然，不是每具尸体都让我心生怀疑。但不论是溺死还是病死，死因基本都归咎于心脏麻痹这种表面症状，实在有些说不通。

随着我接触的溺死者越来越多，解剖的尸体数量逐年增加，心中的疑惑反而更大了。直到多年后，我终于注意到溺死者的尸体有一个共同点——颞骨锥部[①]内出血。颞骨位于颅底，包括中耳和内耳。

---

① 又称颞骨岩部，为颞骨的一部分。形似一横卧的三棱锥体，位于颅底，嵌于枕骨和蝶骨之间，内藏听觉器官和平衡器官。

这到底是怎么回事？首先请大家想象一下游泳时的场景。

人在游泳时同样需要呼吸。一旦乱了节奏，水就会呛入鼻腔，进入鼻腔深处连接鼓膜后侧的细长管道——耳管（咽鼓管）。耳管就像圆珠笔的笔芯一样，是细长状的，平时处于闭合状态，一旦呼吸的过程中进水，就会形成水栓。

如果这时人持续呛水，耳管中的水就会做活塞运动。如此一来，水会给颞骨锥部的乳突小房①施加压力，进而压迫包裹着乳突小房的黏膜及黏膜下的毛细血管。

如果压力过大，就会出现黏膜剥离、毛细血管破裂的现象，引发乳突小房内出血，也就是颞骨锥部出血。这种出血（骨内出血）会反应在颅底上，解剖尸体时便可看出。

这就是溺死者的颞骨锥部内出血。

也是导致人溺亡的诱因。

由于颞骨锥部的乳突小房包裹着三个半规管（上半规管、后半规管和外侧半规管）。出血时，三个半规管的功能会受到影响，人也会因此失去平衡。

---

① 颞骨乳突内存在许多含气小腔隙，大小不等，形态不一，但互相连通，腔内也覆盖着黏膜，且与乳突窦和鼓室的黏膜相连续。

这时人虽然还有意识，但身体东倒西歪，无法保持平衡，进而溺亡。

这就是溺死背后的原因。

即便是游泳健将，即便位于浅水区，一旦分不清方向，人就可能溺死。

所以擅长游泳的人如果溺死了，绝不是因为简单的心脏麻痹，而是由于他没有把握好呼吸的节奏，引发了颞骨锥部内出血。

我再将刚才的内容整理一遍。

人在游泳时乱了呼吸节奏，导致颞骨锥部内出血，进而失去平衡，分不清方向。人一旦呛水，就会不断挣扎。

如果一个擅长游泳的人突然在水中挣扎，大家或许会觉得他在开玩笑，因为谁都知道他会游泳，都不去帮忙。

“什么嘛，他的样子有些怪。”

大家半开玩笑地说着。

然而这就很可能错过救援时间。

当周围的人终于发现他不是在开玩笑时，急急忙忙赶过去，但溺水者在挣扎过程中很可能将施救者一同拖进水里。如果是浅水区，两人或许可以同时获救；但如果不是，就可能同时丧命。

如果发生这种情况，最好的办法是从背后将他的头部托出水面，而非正面施救，以免被拖累。

当然，大家不要因为听了我刚才的话，就害怕游泳。溺水毕竟是比较少见的情况，而且如果在游泳池等安全的水域游泳，即便发生危险，救援人员也会及时赶到，所以不必过度担心。

我再说一点题外话。如果有人将刹车当成油门，开着车一头冲进海里，解剖尸体时就能发现，尸体通常也存在颞骨锥部内出血。

人为什么很难从车里逃出来？

这是因为汽车落水后，有两三分钟是浮在水面的，但即便这时想要打开车门，由于四周被水包围，如果力气不够也很难做到。此外，老式汽车的车窗是手摇式的，而如今更多是电动式的，想要打开窗户也很困难。这也是导致溺亡的原因之一。

人被困在车里，逐渐下沉，在这一过程中会不断呛水。人一开始会向上飘浮，脱离座椅，卡在车顶处；随着体内的水越来越多，又沉下去，坐回座位上。

此外，如果一个人还没喝进去多少水就因为心脏无法支撑死去了，那么尸体则会浮在汽车顶部。

假如车里常备锤子等工具，一旦被困，人还可以敲碎玻璃逃出去；如果没有，就很难逃出生还了。

即便是游泳健将，也可能溺水身亡。

不久前也有类似的报道，一名冲浪选手溺死了。这决不是因为他不擅水性，而是正如我刚才写到的，背后有一系列原因。我也希望能通过这篇文章，稍微改变一下人们对这件事的看法。

美丽引发的不幸

美貌并不总能给人带来幸运，这是我从事法医工作以来的切身体会。

换言之，美丽的外表有时会给人招致灾祸，不少案件的受害者都是美人，这样的事情我经历过太多。无数美貌之人含恨而死，但在历史上，有一起与美人有关的案件却揭开了时代的大幕。这件事或许不为多少人熟知，我写出来和大家分享。

幸好赶上了。

随着结核药的问世，结核不再是不治之症，人们对这种疾病的看法也和过去大不相同。如果有人曾患结核，又幸运地赶上了新药，心中一定无比庆幸。长期以来和死神作斗争的医疗工作者心中也一定感慨万千。

然而幸运并不会眷顾所有人，有人还没等到新药研发出来就死了。他们的家属该多么遗憾，只是错过了一点时间。

最近发生了一件类似的事，韩国知名生物学家[①]被揭发伪造多项研究成果。对期盼着可以早日器官移植的患者们来说，无疑是沉重的打击。

其实在法医学上，也有类似的“奇迹”。随着这项技术的诞生，不少案件才得以真相大白。在我看来，这个“奇迹”就是DNA鉴定。

“幸好赶上了。”

这是多少人发自肺腑的喜悦。

过去人们一直做血液鉴定，很多推理小说中也有类似的桥段：因为确定了血型，才有了之后的故事。

我年轻时也经常依靠这项技术。事实上，血型一致正是一些案件的突破口。但与此同时，这种鉴定方法也存在局限性。

好在科技不断进步，时代飞速发展。

随着血型鉴定逐渐被DNA鉴定替代，侦破案件的精确度也比过去有了质的提高。

大家可以想一想留声机唱片迅速被CD淘汰，大概

---

① 黄禹锡，韩国知名生物科学家，2005年有报道称其在研究过程中“取用研究员的卵子”。随后，其小组成员指出他的论文中有造假成分。首尔大学随后进行调查，证实黄禹锡发表在《科学》杂志上的干细胞研究成果均属子虚乌有。

能有更切身的体会。

从血型鉴定到DNA鉴定。

事实上，这项“奇迹”的背后还有一起不容忽视的案件。

那是昭和时代结束，刚进入平成的第二年（1990年）。

东京的某地区，一名才貌双全的主妇某一天突然失踪了。家人对此毫无头绪，都觉得她根本没有离家出走的理由。

就在几天前，她还在某纺织厂打工，之后就行踪不明了。

这起案件最终以纺织厂的老板被警方逮捕告终，事情的原委大致如下：

主妇在工厂工作了两三天后，就被老板强迫发生了肉体关系。

美貌并不总能给人带来幸运。如果她不是一个美人，或许事情不会演变到这一步，这也不禁让人思考“人的幸福究竟是什么”。

这虽然是一起性骚扰案，但由于对方是老板，而且是纺织厂的老板——不像一些大企业，存在相关制度可以保护员工的利益，主妇最终辞职了，不料老板却不依不挠。

就在主妇辞职后的第二个周日，老板给她打了一个电话，说可以直接给她三天的工资。主妇内心很是恐惧，但摆在面前的钱不能不要。虽说工厂周日休息，但老板和她约的时间是白天，“应该不会发生什么意外吧”，主妇这样想着，如期赴约。

然而等待她的是色欲熏心的男人。主妇拼命反抗，结果老板情急之下就把她杀了。

这就是日本首次将DNA鉴定运用到搜查过程中的案件的发端。

由于工厂第二天还要开工，老板清醒过来后，连忙考虑如何处理尸体。他先是将尸体切成小块，放进面包车里，埋在了附近的公园。

主妇失踪了。

但令所有人没有想到的是，就在她失踪的一个月后，警察竟然查出主妇失踪当天去过工厂，并和老板见过面。

然而询问过程中，老板始终表示自己毫不知情。

又过了几天，一名过路的高中生发现十多只乌鸦围在公园某棵树的树根处，嘎嘎叫着。他觉得奇怪，走近了一瞧，却发现土里赫然竖着一只人手。

警方接到报案后立刻展开调查，发现这里埋着一具女性碎尸，怀疑死者是一个月前失踪的那名主妇。

警方再度严厉询问纺织厂老板，并对工厂展开彻底的搜查，终于在工厂和面包车上发现了血迹。经血型鉴定，两处发现的都是 A 型。

这更坚定了警方的观点：老板在工厂内将主妇杀害后，将尸体放在面包车上，遗弃在公园的施工地里。

不过老板本人也是 A 型血。

就在警方打算逮捕他时，老板的律师提出了质疑。

“A 型血的日本人太多了，全国四成人口都是 A 型血。工厂里也有其他人可能是 A 型血，用面包车运送尸体的或许另有其人。虽然死者也是 A 型血，但仅凭这一点就逮捕人，实在是不合理。”

律师所言并非没有道理，这正是血型鉴定无法突破的屏障。血型鉴定是锁定犯人的必要条件，但不是充分条件。

在这种情况下，警方只能私下联系大学，将当时刚引入日本的 DNA 鉴定技术运用到本案的侦查中。经鉴定，工厂、面包车、被害者血液中的 DNA 一致，终于确定了凶手的身份及作案过程。

这就是日本首次将 DNA 鉴定技术（经过 PCR 技术）

运用到凶案侦破的始末。

在此之前，人们虽然也用过这项技术，但前提是现场发现的血液、毛发量足够多。在一些杀人案中，留在现场的可能只是一滴血、一根头发。这是无法做 DNA 鉴定的，也让不少调查人员非常苦恼。

直到平成元年，也就是本案发生的前一年。外国学者首次使用 PCR 技术，将一个细胞内的 DNA 成倍扩增。自此之后，这项技术才被运用到案件侦破中。人们仅从一滴血、一根头发里就能提取 DNA，成倍扩增后进行鉴定。最近，这项技术还被运用在亲子鉴定等方面。

日本最初的 DNA 鉴定让色欲熏心的老板终究没能逃脱法律的制裁。

而对于那个可怜的主妇来说，美貌原本应该给她带来幸运，最终却演变成了这一步。好在多亏了这项技术，犯人才能被绳之以法。

这起案件虽然不幸，却推动了日本犯罪调查的进步，注定会被后人记得。

第五章

照顾木乃伊父亲的儿子

如果你蒙受不白之冤而亡

我想请大家做一个假设。

假如有一天你被人杀害了（这听上去也许有些可怕），或遭人殴打，或被人用刀捅死，总之，你的生命就这样结束了——你是多么不甘心。

如果这个时候我再告诉你，别人都说你不是被人杀死的，而是自杀。

你又会怎么想呢？

这么多年来你或许痛苦过、挣扎过，甚至想过放弃，但还是咬着牙努力地活下来了。你有至亲好友，周围人也对你赞赏有加。你看着自己的孩子一天天长大，感到既辛苦又幸福。

然而突然有一天，有人打破了一切，你的痛苦与快乐一瞬间消失不见。别人都说你是个胆小鬼，只会一死了之。你的生命就这样结束了，宛如生日蛋糕上插着的蜡烛，被人一声不响地吹灭了。

我想这个时候，即便死去，你也一定心有不甘。

我不是自杀！

我是被人杀害的！

有没有谁可以帮我说出真相！

有，这个人就是法医。

法医的工作就是维护口不能言的死者的人权。

一间公寓的某个房间里，一个女人死在了床上。

一根管子连接着厨房一角的煤气，延伸到床边。管子从尸体的右肩缠到左肩膀，环绕女人脖子一周后对着她的口鼻。

“这一看就是煤气自杀。”

警察第一时间赶到现场，勘查后笃定地说道。

这是一间位于东京某庶民区的公寓，平时不是特别热闹。那天是周日，孩子们不用上学。小巷里时而传来孩子们的笑声，大概是在玩捉迷藏。

我这天一大早就外出检验尸体，这是今天的最后一项工作。

警察认为女人是自杀的，死于煤气中毒。他们打算将这个结果汇报上去，但我觉得有些草率。我这样想着，开始检验尸体。

尸体的颈部有轻微淤血，眼底也有瘀点——看来女子并非死于煤气中毒，而是被谁用橡胶管勒住颈部杀害的。

过去人们家中常使用煤气，主要成分是一氧化碳，一旦在封闭的空间里泄漏，就可能引发中毒。但这间公寓使用的是液化石油气，主要成分是烷类，密度比空气大，释放后一般会停留在房间较低的位置。由于死者是躺在榻榻米上盖着被子死去的，如果她睡着时，停留在地表的气体达到十厘米以上，也可能导致窒息。但本案中，房间的窗户是半开着的，而且我进入房间时觉得空气流通顺畅——这很难引发中毒。

于是我对现场的警察说："尸体存在窒息的特征，她并非死于煤气中毒。"

警察半信半疑，喊来了上级领导。没过多久，上级领导来了，但他更愿意相信自己的部下。

"我的部下也是认真调查后才得出的结论，死者真的不是死于煤气中毒吗……"

真是一个"照顾"属下的领导。

然而事实就是事实，万般无奈下，我只得让他们请来更上一级的领导——警察署的署长，并向他说明了情况。

"既然专家都怀疑是他杀，我也不能只听你们的。这样吧，把警视厅本部的人喊来。"

不久后，鉴识课和搜查一课的警察们也赶了过来。这天是周末，大家本应休息，他们或许正和家人团聚，但命令就是命令，毕竟是署长开了口。

大家重新调查案件，直到这时我才注意到，我周围围了好几名警察，而且都在盯着我看。那冷冰冰的目光仿佛在说："你这小子，就是因为你一句'不是中毒'，把我们都喊来加班。"

其实做出这种事——如果警方认定死者是自杀，却被法医反驳说"存在他杀的可能"进而要求他们重新调查——对于法医来说，是极其需要勇气的。法医的判断并非百分百正确，尤其是年轻法医，常常被警方瞧不起。

我这回也没有十足的把握，但还是坚持了法医精神：一旦有所怀疑，就要调查清楚。就目前的情况来看，由于真相尚未明朗，即便有人提出质疑，我也只能硬着头皮坚持了。

法医不能为外界的声音所扰，要客观真实地描述尸体特征。这或许会导致与警方的观念冲突，但在我看来，正是这种冲突才会让年轻的法医有所成长。在日本，法医属于公务员。一些法医也确实存在官僚作风问题，他们背离了这个职业的初衷，向现实妥协，这就使得一些死因不明的案件永无真相大白的一天。原本通过尸检就能发现是杀人案的案件却被当成自杀案草草处理了。尤其在法医制度[1]不健全的地区，警方说什么就是什么，也是导致冤假错案出现的原因之一。

当然，我不是在否定警察，警察也受过相应的培训。只是现实生活中，让人束手无策的情况实在太多，不可能做到每一起案件都准确严谨。

我们再回到刚才的案子。女人究竟是自杀还是他杀？自那以后又过了一周，还是没有结论。

我们对尸体进行了司法解剖，可以确定女人的确死于颈部压迫导致的窒息，但并不能说明她就是被人杀害的，因为她颈部的痕迹也可能是自己勒出来的（自绞死）。

事实上，警方也认为女人是用橡胶管缠绕颈部，把自己勒死的，这种情况属于窒息：她将石油液化气的阀门打开，用橡胶管勒死了自己，即便自杀过程中力竭松开手，最终也会死于中毒。

“自绞死 + 中毒”，如果是这种自杀方式，就能解释

---

① 日本《尸体解剖保存法》第八条规定：若出现怀疑为传染病、中毒、灾害的尸体及其他死因不明的尸体，都道府县知事需设置法医为其检验；若检验仍未能判明死因，需进行解剖。该制度始于战后 1947 年（昭和二十二年），在东京 23 区、横滨市、名古屋市、京都市、大阪市、神户市、福冈市几地实施。1985 年（昭和六十年），京都市、福冈市废除了该项制度。2015 年（平成二十七年），横滨市也废除了。

为什么尸体眼底会有瘀点。

但我却不这样认为。

“如果一个人勒住自己的颈部，当他失去意识后就会松开手。除非这个时候橡胶管也能紧紧勒住他的颈部，否则就无法构成‘自绞死’。因为在他松开手的一瞬间，橡胶管也会松开，人就可以恢复呼吸。”

简单来说，除非在橡胶管上打一个死结，即便松开手，管子也能勒住脖子，只有这种情况“自绞死”才会成立。

本案中，尸体被发现时橡胶管是松开的，女子可以恢复呼吸，自然不属于上述情况。

同样，她也不是死于中毒。

原因我刚才解释过了，石油液化气不同于煤气，房间的窗户是半开着的，她不可能缺氧。再加上脖子上的橡胶管并不是勒紧状态，所以她无疑是被人杀害的。

第二天的《朝日新闻》报道了这起案件，字里行间也能看出两种意见相持不下。

“由于房间内未见盗窃痕迹，女子很可能是在孩子睡着后，用橡胶管勒住自己的脖子寻求自杀。但也有观点指出，本案仍存在疑点，女子之死或许另有隐情。如今警视厅搜查一课加入调查，本案将从自杀、他杀两个方面……”

又过了一周，真相终于浮出水面。

据情人旅馆的工作人员称，这确实是一起杀人事件。

事情是这样的：

随着调查的深入，警方发现死者丈夫曾带着年轻的情人去过公寓附近的情人旅馆。

就在两人留宿的当夜，情人趁夜深人静时偷偷溜出房间，将安眠药交给独守公寓的妻子，待妻子服药睡着后，情人用带来的橡胶管勒死了她，再将管子接到液化石油气的阀门上，伪装成中毒自杀，之后迅速逃离现场。

整个过程男人一直在沉睡，情人回到旅馆后，若无其事地躺回他身边。然而她的行踪被旅馆的工作人员看到了，情人为了封口，给了他一笔钱。

“那个男人啊，他确实在这里住过，是一个人来的。”

面对警方的询问，工作人员一开始撒了谎。

“一个男人为什么要住情人旅馆，这太奇怪了。”

在警方的重重追问下，他才在一周后交代了实情。

然而就是在这一个星期里，我因为和警方观点不合，像被人泼了冷水，始终心中惴惴、寝食难安。所以当工作人员说出真相时，我长长舒了一口气。后来情人因为涉嫌杀人，被地方法院判处十二年有期徒刑。

犯人终于得到了法律的制裁，然而我有一点始终想不通——为什么情人要去找男人的妻子，还被邀请到家里？

情人后来的供述解开了我的疑惑。

案发当日，情人和男人同往常一样来到情人旅馆。等男人熟睡后，情人偷偷将啤酒、安眠药和长橡胶管放入包中，前往妻子所在的公寓。

通常情况下，妻子和情人见面一定会闹得不可开交。

但妻子打开门时，看到的却是情人万分忏悔的一幕。情人深深低下头，进了房间痛哭着道歉。

“对不起。都是我不好。从今往后，我再也不会纠缠他了……对不起，真的对不起。”

妻子十分震惊，但面前女人的态度实在太过真诚，她就有些心软。

“好了，别说了……”

情人并没有停止道歉，等妻子放下戒心后，开始实施她的计划。

“都怪我，让你们夫妻不和，都怪我……太对不起了。这是我的一点心意，如果不嫌弃的话，可以尝尝……”

妻子为了表示自己已经原谅对方了，喝了她拿来的酒，不久便失去意识。

妻子不仅被另一个本应憎恨的女人夺去丈夫，还惨遭她勒住脖子杀害了。

更令人绝望的是，妻子差一点被周围人认为是因为被丈夫背叛，承受不住打击最终自杀。

如果我当初没有固执己见，因为怕麻烦就听了警方的话，那么这个女人就太可怜了。她不仅被丈夫的情人杀害了，还被人误会成自杀。

能听到她渴望真相的微弱呼唤真是太好了。

我的心终于放了下来。

这件事宛如发生在昨天一样。

“女人的武器”引发的意外结局

女人会利用自身魅力吸引男人，这一招十分有效，这些手段也被称作“女人的武器”。

如果只是吸引异性的目光，也许只会引发一些男女关系方面的小问题。但有一个词叫“稀世恶女”，指的是十分会玩弄人心的坏女人。当女人将自己的“武器”运用到其他方面，比如一旦涉及金钱，就很可能引发大问题。

在这种女人眼里，物质往往比男人更重要。

和男性相比，女性的体力更弱、力气更小。即便想动手杀人，也不可能简单地将对方打死，所以这类案件反而更复杂。

男人也有“男人的武器”，这种武器使用起来更简单——那就是暴力。不过“案件”都是由暴力引发的，从这个意义上来讲，也没必要特意将暴力称为“男人的武器”。

与之相对，“女人的武器”往往可以十分有效地伤害别人。

曾经有一个酒吧老板娘，喜欢奢侈的生活。她十分善于利用自己的“武器”，一连杀了几个人。

老板娘在某大城市开了一家自己的酒吧，欠了别人六百万。为了还钱，她不时邀请酒吧的客人去宾馆，发生关系后，没过几天就借机敲诈。

“如果你不给我钱，我就告诉你太太。”

“还会闹到你们公司。”

不得已，客人只得掏钱。

此外，她还杀了再婚的丈夫。

她先让丈夫买了保险，然后用安眠药将他迷晕，伪装成喝醉的样子，将他溺死在浴室。老板娘的计划成功了，她的丈夫死了。而且正如她所期望的，没有人发现这是一起杀人案。大家都觉得男人是死于酒后意外。

几年后，老板娘又和一个男人结婚了，这是她的第三任丈夫。没过多久她又起了杀心，和上次一样，她先买了保险，但这次她打算伪装成自杀。

男人腹部中了一刀，几乎刺穿后背。老板娘打了110，说自己的丈夫自杀了。

在男人的尸体前，她向警察哭诉。

“他欠了钱，总说不想活了、不想活了。我觉得他就是自杀的，唉，也是我不好。我没有及时劝他，都怪我，是我害了他……”

老板娘的计划又得逞了——警方认为男人是被钱所困，走投无路下才选择自杀。

然而没过多久，事情发生了转机。

“这事有些奇怪。”

老板娘拿到了几千万的保险金后将店铺进行了大改造，还花钱到处玩。由于她出手实在太过阔绰，才引起了周围人的怀疑。

警方开始暗中走访、收集信息，重新展开调查。

他们终于发现老板娘的两任丈夫其实都是被她杀害的。

老板娘的第三任丈夫起初被认为是切腹自杀，一把刀插入腹部，几乎贯穿了他的身体。然而事实上，切腹很难致人死亡——不管刀插得有多深，除非切断背部的大动脉或腹腔的大血管，否则人是死不了的。

这就是为什么过去人们切腹时需要“介错人”[①]。在刀刃切开腹部的同时，“介错人”会用刀砍掉那个人的头。如果不这样做，即便开膛破肚，人也不会立刻死去，只

① 在日本切腹仪式中为切腹自杀者斩首，以让切腹者更快死亡，免除痛苦折磨的人。

会徒增痛苦。

当人的腹部被切开时，肠子遭到破坏，里面的东西就会流出来，导致急性腹膜炎。之后的几天，人会非常痛苦，最终在挣扎中死去。后来人们切腹时需要“介错人”就是出于这个原因。

换言之，如果一个人想通过切腹寻死，就必须切断脊骨附近的大动脉，这同样需要技术和熟练度。所以通常情况下自杀者会选择刺破心脏、切断颈动脉、割腕等方式，很少有人会想到切腹。所以按理说，警方在发现男人死亡时就应该有所怀疑。

然而本案最初的尸检结果却是切腹自杀。

加上老板娘的第二任丈夫死于“意外”。由于两起案子相隔数年、死因不同，警方当时未发觉异常，就草草处理了。如果不是老板娘后来挥金如土，人们也不会怀疑她。

我们再说回切腹自杀。

男人腹部插着一把刀，几乎刺穿后背，这就意味着刀刃必须足够长。不过一般来说，想要自杀的人即便用刀捅了自己，也不会捅得这么深。如果是直立状态刺入腹部，身体向前倾倒也会导致刀刃没入身体，但不会出现本案这种情况。

倘若在第一起案件发生时，警方就能有所察觉，找来法医检验尸体，或许就不会有第二起惨剧出现。我虽然不知道警方的判断依据是什么，但大概是听了老板娘的话，以为男人欠了钱，才认为他是自杀的吧。

对于自杀者，不同的保险公司有不同的政策，一些公司也会将自杀列入补偿范围。如果参保一两年后自杀，同样能获得保险金。这起案件中的老板娘就是算好了这一点才痛下杀手，而且是接连两次杀人。

一旦有了杀人经验，第二次下手时就更能狠下心来。或者说老板娘在杀第一个人的时候，压根没什么负罪感。

老板娘将客人玩弄于股掌之中，趁机勒索钱财。她杀了信任自己的丈夫，以获得巨额保险金。

沉溺于情色与欲望中的犯人最终被判处死刑。

“女人的武器”实在不能小觑，说起来，就连最初的男警官也被她骗了。

无人知晓的秘密案件

“秘密案件”，似乎哪里都会有。

总有人问我：

“上野医生在东京当了这么多年法医，一定知道一些不让外传的案件吧？”

每当这时，我只能故作神秘笑着回答：“没有，哪有什么秘密案件。”

也有记者穷追不舍问道：“其实是有的吧，医生。”

但说实话，真的没有。

为什么没有呢？

说得严谨一些：即便有人想死守秘密，这个秘密也一定会通过某种途径泄露出去。人们常说“没有不透风的墙”，此言不假。

之前就有众议院议员（同时也是首相候补）在任期间自杀，政治丑闻原本不想对外公布，但后来连他的医生都被逮捕了，消息自然是瞒不住的。政治家尚且如此，更何况普通人。

此外，偶像艺人自杀大概也属于“秘密案件”，但大家都知道，如果哪个艺人自杀了，一定会被媒体大肆报道。

不过比起艺人自杀，自杀引发的连锁反应更令人感到震惊。

昭和末期，一名女歌手自杀了。

人们都猜测她是因为失恋，但真实情况如何谁也不清楚。失恋与死亡之间是否有关联，只有本人知道。一时间，众说纷纭。

就好比一个人迷失在幽深的森林里，脚下的路会延伸到哪里、那里又有什么，或许连他本人都不清楚。在我面对自杀者的尸体时，心中也会不时冒出这样的想法。

还有一点让我感受很深：那就是这些年来人们选择自杀的方式也不断变化，时代真是不一样了。

过去很少有人自焚，即便杀了人也不会在尸体上泼汽油焚尸。

直到媒体报道了一条新闻：越南某地，一名僧人在政治纠纷中以死抗议，他将汽油涂满全身，自焚了。[①] 这篇报道配了照片，引起了很大的轰动。自那以来，日本也开始有人选择用这种方式自杀，甚至焚烧他人的尸体。

① 1963 年 6 月，越南僧人释广德为了抗议南越政府领袖吴廷琰及南越天主教会迫害佛教徒的政策，在西贡的十字路口用汽油引火自焚。

还有一个时期，大岛的三原山[①]、日光的华严瀑布[②]被称作自杀圣地，来这里自杀的人一时激增。这背后或许存在什么诱因，促使他们想要自杀。

此外，我还记得有一段时间，我几乎每天都要去东京某地验尸。那时，那里刚建好不少高层建筑，所以很多人会来这里跳楼。附近的居民甚至在楼顶拉起网，防止这些人自杀。

最近则兴起了依托网络的集体自杀。人们通过网络找到志同道合的伙伴，相约在车里烧炭，最终死于一氧化碳中毒。

这仿佛一种“流行趋势”，在同一地点、用同一种方式自杀。

过去人们以自杀为耻，即便有这种想法，也不会和其他人说，甚至瞒着家人，一个人结束自己的生命。

而如今的年轻人太过依赖父母，不够独立自主，想一个人死也不敢付诸行动，所以才会在网上召集伙伴，选择这种方式。我想这大概就是原因。

---

① 位于伊豆大岛，是一座活火山。1933 年，有女学生跳入三原山火山口结束了自己的生命，同年有九百余人在此自杀。

② 1903 年 5 月，一名高中生在华严瀑布旁边树上留下遗书后自杀，给当时以“出人头地”为美德的日本社会造成极大影响，之后陆续出现许多追随他自杀的人。

日本人的精神状态在不断发生变化，自杀的方式也一样。

再说句题外话，曾经有一名男艺人从酒店跳楼自杀了。那时就有记者问我：“您是否也曾前往酒店检验尸体？”

答案是“yes”。

但如果警察穿着制服、法医穿着白大褂，堂而皇之地走进酒店，一定会引起旅客或者其他人的怀疑。为了不暴露身份，警察都要求穿便服，我们也得脱掉白大褂。

如此一来，消息就不容易走漏，人们也不会知道这里有人自杀了。

年轻的女孩子喜欢模仿艺人的发型，也会去商场买同款衣服，这是她们的特权。但唯独自杀这一点，请千万不要模仿。

每当面对连锁自杀的尸体，我都不禁这样祈祷。

一起严重空难的死因

死因是什么。

人究竟是怎么死去的。

都说人死如灯灭，死都死了，再争论什么也没有意义，但我想大多数人还是会在意的吧。

为了避免不必要的误会，有时人们不得不隐瞒死亡原因。

或许不少人还记得20世纪60年代的那起事故[①]。

1966年2月上旬，一架载着刚从札幌看完冰雪节的旅客的全日空飞机即将降落羽田机场。那时还是目视飞行，驾驶员需要通过眼睛确认机场的位置，而非依赖机器。

飞机预计于晚上9点左右降落，但时间到了却未见

① 1966年（昭和四十一年）2月，全日空一架客机准备降落羽田机场跑道时，在机场的东南偏东的12公里东京湾坠毁，全机解体沉没，机上133人全部罹难，是当时最严重的单一飞机空难。

踪影。管制塔表示，就在刚才他们还接到飞机准备着陆的信息。

难道坠机了？工作人员和警方连忙去搜寻，他们认为最可能出事的地点是羽田海域。

搜救工作持续了一个小时，陆续有机体碎片、乘客的行李、人的尸体浮出海面。

那时正值冬季，寒风凛冽，回收工作异常艰难。

我们也赶去现场，验尸工作几乎持续了一周左右。在打捞上来的尸体上，我们发现大多尸体口鼻中都有白色泡沫。

由于旅客是面朝行进方向坐的，飞机坠海时面朝下，所以额头处可见跌打伤及骨折；而乘务员是背对行进方向的，所以跌打伤多出现在后脑勺。

然而解剖结果显示，虽然死者存在脑挫伤等外伤，但这些伤却非致命伤，反而颅底的颞骨锥部内有出血。法医解剖了几名工作人员的尸体，发现几乎所有尸体都存在这一特征。

从以上信息可以推断出，飞机坠落确实对死者的大脑造成了损伤，但这些人没有立刻死亡。

一般来说，一提到飞机失事，人们总觉得是飞机撞上地面，导致乘客出现脑挫伤，最终死亡。这确实是普遍印象，但本次事故不同，这些人其实是溺死的。

飞机撞向海面。由于驾驶员已经做好着陆的准备，乘客并没有因为冲击力当场毙命。下一个瞬间，整个飞机沉入海底。但这时飞机上的人还未断气，尚在呼吸。接下来海水进入他们的肺部，致使他们被溺死。这就是死亡原因。

然而如果对外公布，此次坠机事故的死因是溺死，一定会引发人们的猜忌——是不是在隐瞒什么？怎么可能不是脑挫伤？

这实在是太过背离大众的认知。

考虑到这些，尸检报告最终还是写了脑挫伤。

我们可以从尸检及解剖结果知道什么？

本次事故并非有人劫机，没有犯人冲进驾驶室和机长搏斗一番后引发机体爆炸，也不存在飞机失控后撞向机场。

只是驾驶员混淆了跑道与海面，保持着陆状态冲进海里，所以才让机上人员出现轻微脑挫伤——这就是通过解剖尸体知道的真相。

当时坠机是大案，会引起很大的轰动。我们虽然坚持写明死亡原因，却被否决了，如今我才敢将真相写在这里。

只有准确判断出死因，才能反推出事情的经过。

法医学就像逆向播放电影胶片。

考古学也是同理。考古人员从发现的陶器、铁器、石器中推测古代人的生活状态。从某种意义上说，法医学和考古学是很相似的。

照顾木乃伊父亲的儿子

原本应该活着的人实则多年前就去世了。

如果发生这样的事，周围的人会有怎样的反应?

我接下来要讲的事曾被多家媒体报道过，一些读者可能还有印象。为了采访当事人，我特意跟节目组一同前往关西地区。

事情发生在伊丹机场附近，当时被誉为兵库县最长寿的男性（2004年“长寿排行榜”县内第一）其实早在十年前就死了。

当地政府每年都会表彰百岁以上的老人，但相关负责人却从未见过这位最长寿的老人。

为什么会发生这样的事?

真相又是什么?

警方接到亲戚报案，迅速赶到死者家中，在一楼的被褥里发现了俯身躺着的已经木乃伊化的尸体。当时大家怀疑，死者家属为了获得每年政府发放的奖金和老人的退休金，故意隐瞒他已经死去的事实。

然而老人长子的一番话却揭开了真相。

老人和三个孩子一起生活，长子 75 岁，二女儿 79 岁，四女儿 72 岁。老人去世后，长子一直当他还活着，会给他擦拭暴露在外面的手、脸，还会给他端饭。

或许有人会猜测这是不是某种宗教仪式？似乎也不是。长子只是觉得老人还活着，所以理所当然地照顾他。

儿子不承认父亲已经死了。

这是现代社会才会出现的复杂问题。由于儿子并非故意骗取退休金，所以未构成重大犯罪，只是违反了轻犯罪法①（未提交死亡登记证明）。

实际上，正如我刚才介绍的，尸体被保护得很好，一点也不脏。

老人并不是被谁所杀，大概是死于疾病，但儿子不觉得他已经死去，没有提交死亡登记证明，一直在照顾他。

长子的一系列行为像是患了认知障碍，但他其实没有患病。

我站在死者宅子附近，思考背后的原因。

或许长子真的只是不愿意承认父亲已经死了吧。

除此之外，我再想不出其他理由。随着年龄的增长，

① 日本的一项特别刑法，主要针对各式各样轻微罪行，对违法者作出拘留和处以科料，于昭和二十三年（1948 年）5 月 2 日开始施行。

他能接受的东西越来越有限。

这着实令人唏嘘。

当生命一天天老去，人们或许会觉得自己会变得平和，但事与愿违，更多时候人们会变得偏执。

因为心中并不快乐。

这或许是源于当今社会人们缺乏对长辈的关爱。但换个角度来说，像本案儿子一样对亲生父亲执着到这个程度的，大概也不多见。

节目组的导演希望可以采访长子，但被他拒绝了。我只能安慰导演“这样啊，真是遗憾”，其实心中松了一口气。

不接受采访或许对他更好。

终章

老人留给这个世界的信息

冻死在被子里的老人

有人在暖烘烘的被子里被冻死了。

大家或许会心生疑惑：人为什么会在家里被冻死？这本就难以想象，何况他还盖着被子，简直更不可思议了。

事实上，被冻死的是一位独居的老人。

因为生病，老人起不来床，一连几天没吃饭。他没有力气自己找东西吃，所以体力下降得更厉害，甚至连厕所都去不了。

没过多久，老人开始在被子里小便失禁。

人的尿液一开始是暖的，但随着时间的推移，温度不断下降，直到比体温更低。那时正值寒冬，房间里没有暖气。老人住的老式房屋可以轻易被北风吹透，即便是在家中，也十分寒冷。老人最终被濡湿的被褥夺走体温，冻死了。

我就见过这样的尸体，而且不止一具。随着年龄的增长，人们会面对此前根本无法想象的死亡，这大概也是一种“老化”。

还有一种比较常见的情况——老人洗澡时在浴缸里溺死了。

此外也有人喝醉了在浴缸里睡着了，或者哧溜一下滑倒了，最终淹死在浴缸里。这类情况通常会被认为是溺死。

但事实上，很少有人睡着后溺亡。这是因为人一旦沉入水中，水就会呛入气管，人也会下意识挣扎。即便他迷迷糊糊睡着了，也会很快醒过来。

同样，当人因为短暂的眩晕倒进浴缸里后，水也会呛入气管。人会感到痛苦，这种刺激会给身体发出信号，促使人迅速醒来，并采取防御姿势。

那么什么情况下人才会毫无抵抗地溺死？

比如洗澡时突发致死疾病，这是最常见的。心肌梗死或者脑溢血等疾病都会让人失去意识，如果没有及时得到救援，人就会死亡。

“怎么这么长时间还没出来？”

家人察觉到老人洗澡时间过长，开始担心。他们赶去浴室，却发现老人已经在浴缸里溺死了。

老人究竟是死于事故还是疾病？这就涉及保险公司是否支付赔偿金的问题了，不同的保险公司有不同的赔偿政策，势必会引起争议。但通常情况下，病死比事故死的概率高得多。

此外还有一个问题需要我们注意，那就是老年人的自杀。

这也许是我个人的观点，但在我看来，老年人的自杀本质都不是“自杀”。虽然他确实亲手了结了自己的生命（从这个意义上讲无疑是自杀），但他“自杀”的原因和“他杀”没有区别。

这又是为什么？

我们假设有这样一位老人，一直和儿子、儿媳一起生活。由于他年事已高，体力也弱，没有收入，慢慢成了孩子们的负担。他逐渐被家人疏远，成了这个家庭的外人。

年迈的老人被最信任的家人排斥，感到格外孤独。

如果家人能给老人多一些关心，老人或许就不会选择死亡。

他或许正是因为无法忍受这份孤独，才选择结束自己的生命。换句话说，这也是一种霸凌——是家人将老人“杀死”了。

校园霸凌也是同样的道理。孩子不愿意上学，因为只要去学校，他就会被其他人排斥，成为别人攻击的目标。他一想到会被人欺负，就更不愿离开家。他去找父母哭诉，但因为年纪小，表达能力有限，只会嚷嚷“不想上学”。父母不了解实际情况，以为他只是厌学，便用金钱诱惑他：“给你一千元，快去上学”。

父母的做法并不正确，这种诱导不仅不会让孩子心甘情愿去学校，反而适得其反，有时还会引发更严重的问题。

一些孩子会趁父母睡觉时攻击他们，一些会袭击带头欺负他的“孩子王”，还有一些因为谁也反抗不了，最终选择上吊自杀。

孩子之所以不愿意去学校，很多时候是由于被同学排挤，他无法忍受那种寂寞、孤独。

老人也是一样。独居并不意味着孤独，但被信赖之人排斥，无疑会让人感到绝望。

如果家人能及时注意到这一点，或许就能阻止老人自杀。至少在我看来，我见过的老人自杀，十之八九都是“他杀”。

此外还有老人在浴缸里溺死、吃饭的时候被食物噎死等等，这都提醒我们要全面关注老年人的身心健康。

在我看来，我们能过上今天的富足生活，正是因为有了上一代人的辛劳付出。我们不能忘记他们的努力，更要时时刻刻尊敬、关心他们。

尸体遭动物啃食之谜

“一位长期卧床的老人被猫咬掉了脚趾！”

一则令人震惊的消息传了出来，事情发生在埼玉县的某养老院。

警方称，有野猫从窗口闯进房间，咬掉卧床老人的脚趾后逃跑了。

由于老人并未死亡，养老院被追责，说他们管理疏忽。与此同时，人们也在叱责猫这种动物本性残忍，竟然会咬掉人的四根脚趾。

与此同时，动物保护协会对警方的说法表示不满。他们认为猫的本性并非如此，警方的说法会引起社会的误解。也有兽医指出，从猫的习性来看，一般不会去咬人的脚趾。

电视台就此事对我进行了采访。

“上野医生，您认为猫会咬掉人的脚趾吗？”

我根据之前的经验，回答道：“是非常有可能的。”

我对我的回答十分有信心，或者说，这样的事绝不罕见。

这又是为什么呢?

在我看来，老人的脚趾很可能已经坏死了。比如他是一位糖尿病晚期的病人，血液循环无法到达脚趾，就会出现上述情况。

人的神经麻痹后，脚趾也会失去知觉。如果脚趾已经坏死却没有得到及时治疗，就会像腐败的鱼干一样，散发出臭味。对于生活在同一屋檐下的人来说，或许已经习惯了这种味道，但猫的嗅觉很敏锐。饥肠辘辘的猫将坏死的脚趾当成鱼干吃掉了，也不是不可能。

此外，如果脚趾已经到了坏死的程度，猫不用花很大的力气就能做到这一点。因为脚趾的骨头是由关节和关节连接起来的，只要咬断肌肉、韧带和皮肤，就能轻而易举咬掉脚趾。

所以我才会说“是非常有可能的”。

此外，我还见过动物啃食尸体的情况。

一个人养了猫，有一天突然死了，没有人给猫喂食，那么饿着肚子的猫会怎样?如果主人死前刚吃过鱼，猫就会去吃他沾着鱼腥味的嘴唇;如果他的手脚有鱼腥味，猫则会去咬他的手脚。

猫主人属于非正常死亡，如果现场发现有猫或者猫的牙印，真相也就不言而喻了。

此外我还见过这样的死亡。

一个婴儿刚吃完奶，脸上沾了乳汁。母亲恰好不在身边，所以没有察觉。一只老鼠闻着味寻过来，它发现了婴儿嘴角、脸上的乳汁，一口咬了下去。

婴儿猝不及防被咬了，疼得大哭。老鼠吓得连忙跑开，但婴儿并没有停止哭泣。刚吐出来的奶被他重新吸了回去，呛进气管。孩子最终死于窒息。

悲剧不止这些。

一个独居的老人孤独地死去了。他的手脚被什么东西啃食，露出森森白骨。

老人之死也是非自然死亡，这难道是一起猎奇杀人案?

我们赶到现场，很快查明了真相。

老先生是病死的。他没有家人在身边，死后很长一段时间没人发现他的尸体。不久后老鼠来啃他干燥的手脚，所以尸体被发现时手脚是残缺的，只留下白骨。

为什么可以确定是老鼠?

因为我们在尸体周围发现了很多老鼠的粪便。

他并非被谁残忍杀害，而是病死后被老鼠啃掉了手脚。

悲剧远比我们想象的多。

有人跳轨自杀了，他的手脚被碾碎，散落得到处都是。警方立刻展开搜寻，但尸体手脚的一部分怎么也找不到。

一般来说，残肢会被血粘在列车底部，随着列车开往远方。这时只要检查列车车底，就能发现剩余的部分。但本案并非如此，尸体的一部分确实失踪了。

事实上，我们不能排除是狗跑到铁道上，发现残肢后叼走玩或者吃掉了。狗的天性如此，所以有时人们会在回廊下或者其他地方偶然发现一根人的大拇指。当然，正如本案一样，什么都没找到的情况也时有发生。

上述案例虽然听上去让人毛骨悚然，但仔细想想，也不是不能理解。

动物也是为了活下去。

新闻不止一次报道过，因为没有食物，熊从山中跑下来，去居民家里找吃的，它实在是没办法。不论是人还是动物，如果饿极了，都可能做出超出我们想象的事。

纯粹的理想主义认为动物不会作恶，精英主义提倡人类比其他物种都优秀，但事实并非如此。每当遇到上述案件，我都会思考一个直击灵魂、超越物种的问题——活着究竟意味着什么。

被假牙噎死的人

“一个人被假牙噎死了。”

大家或许会觉得惊讶，但对我们法医来说，这种事情并不罕见，早就见怪不怪了。

人为什么会因为一颗假牙窒息？

比如一个人仰天大笑时，假牙可能突然掉下来，被他吞进喉咙；或者当他躺着咳嗽时，咳着咳着假牙也会掉下来，被他吸入气管。

所以合适的假牙非常重要，否则很容易发生危险。如果假牙在口腔里晃荡，就要及时就医。

此外，每到过年时，大家也会经常看到这样的报道：有人在吃年糕或者刺身时被噎死了。这可以说是意外事故，但也不只是意外。

这又是怎么回事？

经过解剖我们可以发现，被噎死的人往往患有脑软化症[①]。他们无法像正常人一样完成吞咽动作，才会酿成悲剧。

通常来说，以下三类人容易将假牙吞下去或者被年糕噎死：

第一类是患有脑软化症的老人；

第二类是大脑尚未发育完全的婴幼儿；

第三类是喝醉酒的中年人。

大脑尚未发育完全的婴幼儿和患有脑软化症的老人相似，一旦大脑出现麻痹，就无法正常完成吞咽动作，很容易被食物噎住。喝醉酒的中年人或者嗑了药神志不清的人也容易发生意外，这一点不难理解。

此外，一些老人即便没有患脑软化症，但随着年龄的增长，也无法做出正确的吞咽动作，所以食物容易被吸入呼吸道。如果换作年轻人，一旦被噎住了他会立刻将食物吐出来，但老人不行。

这就要求我们防患于未然。

当意外发生时，如果周围人能及时做出应对，就可能避免发生悲剧。

所以牢记应急处理措施非常有必要。

---

① 脑组织坏死，发病原因有栓塞、动脉血栓形成、动脉痉挛、循环功能不全等。

假如一起生活的老人有一天吃饭时突然被食物噎住了，我们应该怎么做?

用吸尘器?这实在不现实。当人被噎住后，往往不能及时被周围人察觉。等家人发现时再去找吸尘器、设置参数，起码需要花费十分钟，根本来不及。

所以一旦老人“样子有些不对”或者“突然痉挛”时，我们要第一时间弯曲一条腿的膝盖，让老人面朝下趴着，下腹部贴在我们的膝盖上，拍打他的后背。

这样一来，老人的下腹部会被膝盖压迫，向内凹陷，导致横隔膜上移。肺部受到挤压，空气就会从口中排出，人也能将食物顺利吐出来。

如果看见小孩子吃饭时忽然痛苦挣扎，很多人会下意识将手伸进他嘴里，试图将卡着的食物抠出来。但一来这样做很难取出食物，二来如果食物表面光滑，反而会被卡进喉咙深处，更加危险。

正确的做法也是弯曲一条腿，将孩子的下腹部贴在我们的大腿上，让他头朝下向前倾倒，同时敲击他脖子、后脑勺附近，帮他吐出食物——敲击的动作会使他的气管跟着晃动，卡住的食物自然也能吐出来。

这些急救措施请大家务必记得，以备不时之需。

被认知障碍撕裂的挚爱夫妻

很多老人患有认知障碍，这种情况近年越来越多。我曾在报纸上看到一篇报道，令人感慨万千。

有一对夫妻原本关系和睦，直到有一天，妻子将丈夫杀了。

大家看完报道都以为是丈夫出轨了，妻子盛怒之下才将相濡以沫多年的爱人杀害。这种事也时有发生。

但后来有记者采访我，我了解了真相，才深觉遗憾，真相实在太残酷了。

妻子认为丈夫出轨了，从生活的各个方面都能体现出来。

她遂起了杀心，“我决不允许这样的事发生！”她用锤子之类的东西砸向熟睡中的丈夫。丈夫就这么死去了。

但在后续调查中，警方从周围的邻居处得知丈夫根本没有出轨，他人很好，也处处关心、爱护自己的妻子。他们一度怀疑，莫非是这个男人太会伪装？但没过多久，真相大白。

妻子其实患有认知障碍。她对丈夫的怀疑不过是自己的妄想，结果真的杀了他。

过去他们的关系是那么和睦。

认知障碍属于脑部疾病，脑部疾病是非常可怕的。如果能治好另当别论，一旦治不好，妻子恐怕直到死去也不觉得自己杀了丈夫有什么错。

丈夫一直在照顾患病的妻子，却被她狠心砸死。

“你不是出轨吗，那就去死吧——”

我见过太多死亡，牵扯到老人的案件往往令人叹息。

不过现实生活中，老夫老妻很少会因为仇恨将对方杀死，或许是几十年的携手相伴让他们产生了深刻的感情。除非一方卧病在床，负责照顾的人实在坚持不下去了，才会杀了对方。或者他觉得活着也是受罪，不如两个人一起死。由认知障碍导致的悲剧其实并不常见。

长寿固然是好事，但也可能引发意想不到的悲剧。想到这些，又不免让人心情复杂。

本案中，丈夫不仅被深爱的妻子误会了，还被怀疑出轨，最终惨遭杀害。

我们只能祈祷老先生在另一个世界安好。

令人潸然泪下的尸检

有人曾这样问我：

“上野医生，您检验过这么多具尸体，有什么场景最令您难忘吗？”

我细细想了想，几乎忍不住掉下泪来。

这听上去或许有些不可思议，但每当我面对尸体，不论心中如何悲痛、遗憾，都不会流下眼泪。法医的工作就是认真对待每一具尸体，解开死亡之谜，这种压力迫使我冷静下来。

流着泪是无法工作的。

“如果让你举三个例子，您会举哪三个呢？”

三十年的法医生涯，两万次尸检中令我难以忘怀的场景……

我想到了。

最难忘的应该是一位母亲抱着丧生于交通事故中的孩子痛哭的场景吧。

这个案子我在其他书中也写过。那天我和往常一样赶往案发地，在那里看到了一位抱着孩子的母亲。孩子年纪不大，还在蹒跚学步。

“宝宝，醒醒啊。”

母亲拼命摇晃孩子的身体。我原以为孩子受了重伤，危在旦夕，走近一瞧，心里却猛地一抽。孩子何止命悬一线，根本就是已经死了——他被汽车碾到了头，脑浆都流出来了。

“宝宝，求求你了，再喊一次妈妈啊。”

母亲抱着孩子，努力和他说话，但孩子怎么可能回答。

和我一起来的还有几名警察。面对此情此景，我无论如何也开不了口：

“我是来检验尸体的，请把孩子交给我。”

母亲根本不承认孩子已经死了，即便他头骨碎裂、脑浆流出。任谁看都已经没有生命迹象的人，唯独母亲依然相信他还活着。母亲还在等孩子的回话。

这太令人绝望了。

那天的尸检终究没有进行，改成第二天了。

还有一个和婴儿有关的场景深深印在我的脑海。

我和往常一样前往现场，进入房间后却被眼前的一幕惊呆了。

那简直是地狱。

母亲已经死了，至此还没什么特别之处。

她胸前的衣服敞开着，怀里的婴儿正在吃奶。

年轻的母亲和年幼的孩子相依为命。母亲向来体弱多病，有一天突然死去，但孩子并不知道母亲已经死了。他只是肚子饿了，才本能地扒开母亲的衣服……

母亲死去的时间不长，大概三四个小时，尸体尚有体温。

这幅场景令我终生难忘：不知道母亲已经故去的孩子，为了活下去拼命地吮吸她的乳汁。

最后一幕大概是一位父亲自杀后的场景吧。

这个案子我之前也写过。一位母亲病死了，父亲疲于生活最终选择自杀。我在尸检现场看到了两个孩子，他们站在父亲的遗体前，表情绝望——我们接下来该怎么办呀。

那个场景我至今历历在目。

姐姐大概在读初中，弟弟还没读完小学。他们呆立在那里，注视着父亲的尸体。

尸检固然重要，但我更担心的是这两个孩子的未来。

他们尚处于青春期，这是人生非常重要的一个阶段，然而母亲病死了，没过多久父亲也追随母亲的脚步自杀了。

现场还有民生委员会的工作人员。我再三拜托他们，接下来一定要照顾好这两个孩子。

死亡带来的悲剧让我愈发感受到完善的社会福利体系是多么重要。我曾多次就这个问题发表自己的看法，退休后也一直在做这方面的工作。

我们或许不能简单将尸检现场称作人间地狱，但很多时候，面对死亡，我都会感到超出职业的压力，工作中也常常充斥着绝望。然而正是这份工作、这份经历让我更加体会到活着的喜悦与生命的可贵。

后记

生命可贵，好好活下去

回过头想一想，我这几十年走过两个“岔路”。

第一个“岔路”是选择成为一名医生，第二个“岔路”则是从医生的岗位上退休。

医生的职责是治病救人，帮助人们保持健康。法医则不同，法医基本不和活人打交道。我选择攻读法医专业，是我人生的第一个“岔路”。

后来三十年间，我一直在东京都法医院工作，和警察一起侦破案件，检验、解剖了两万余具尸体。这段经历不论是对医学还是对我自己而言都弥足珍贵。

由死窥生。即便是同一个事物，如果从相反的角度观察，就能有新的发现。我接触到的都是每一位死者的人生终点，但从终点也可以看到他曾经的过往。

人生百态，令人百感交集。

此外，我还有幸在工作中找到了感兴趣的研究方向。仔细想来，我虽然不能治病，但也掌握了一门本领——

和死者对话。

在东京，医生的退休年龄是 65 岁。但我想如果真的工作到那个时候，一来体力、脑力跟不上了，二来也没有精力对 30 年来的法医生涯做一个总结，于是我选择在 60 岁的时候提前退休。当时为了让更多人了解到法医制度的必要性，我整理了一些案子，汇总成册，起了个颇有些扎眼的名字，出版了《尸体会说话》[①] 这本书。

也许是题材新颖，又或是内容有趣，总之这本书在读者中反响强烈，一下子成了畅销书。

法医的工作十分辛苦，我没打过高尔夫球，也没时间出国旅行。我原本计划退休后和妻子一起环游世界，但出版社催我写下一本书，杂志、报社时不时来采访，加之要去录制电视节目解说案件，去各地演讲……我的生活又繁忙起来，根本没有闲暇时间。

我本想着退休后可以过上悠闲的日子，不料每日忙于原本并不擅长的写作。

这是我人生的第二个“岔路”。

或许对于医生来说，这种生活方式并不常见。但正

---

① 原著名为《死体は語る》，中文直译为《尸体会说话》，是本书作者退休后的第一部著作。中文译本名称为《不知死，焉知生》，王雯婷翻译，北京大学出版社 2014 年 11 月出版。

是因为这两次“错误”的选择，才让我有机会将死亡背后或感动或悲伤的故事记录下来。

我希望能通过这些关于死亡的故事，向更多的人展示生命之可贵，告诉更多人们应该如何活下去。

2006年5月吉日

上野正彦

图书在版编目（CIP）数据

死者的呐喊 /（日）上野正彦著；王雯婷译. -- 北京：北京联合出版公司, 2023.3
（法医之神）
ISBN 978-7-5596-6278-1

Ⅰ. ①死… Ⅱ. ①上… ②王… Ⅲ. ①纪实文学－日本－现代 Ⅳ. ①I313.55

中国版本图书馆CIP数据核字(2022)第118677号

法医之神1：死者的呐喊

作　　者：[日]上野正彦　　译　　者：王雯婷
出 品 人：赵红仕　　策划品牌：读蜜文库
策划统筹：金马洛　　特约编辑：孙　佳
责任编辑：龚　将　　封面设计：即刻设计
内文排版：读蜜工作室·思颖　　责任印制：耿云龙

北京联合出版公司出版
（北京市西城区德外大街83号楼9层　100088）
北京联合天畅文化传播公司发行
北京美图印务有限公司印刷　新华书店经销
字数105千字　787毫米×1092毫米　1/32　5.25印张
2023年3月第1版　2023年3月第1次印刷
ISBN 978-7-5596-6278-1
定价：29.80元

读一页书　舔一口蜜

法医之神 1：死者的呐喊

策划品牌　读蜜文库
策划统筹　金马洛
特约编辑　孙　佳
封面设计　即刻设计

新浪微博 @ 读蜜传媒
合作邮箱 dumi@dumilife.com